敵は月嶋&神威の戦乙女《ヴァルキリー・スクルド》!?
どう戦う!?

成海颯太《なるみ・そうた》
（ブタオ）
“俺”の転移先の悪役デブ。
痩せた姿では、
主に影の英雄として
暗躍無双する。
早瀬カヲル《はやせ・かをる》
ブタオの美人幼なじみ。
月嶋の暴走を
止めようとするが!?

月嶋拓弥
つきしま・たくや
強力な転移者にして“プレイヤー”。
イグニスとヴァルキリー・スクルドを操るが!?

『完璧な連携っ！
完っ璧な戦略っ！
これは決まったかーーっ!?』
二人は頻繁《ひんぱん》に
ポジションを入れ替えて
ギアをさらに一段上げ、
巨大なハンマーを爆発させるように
連続で振り回す。
サツキ&リサ、大奮闘!?

災悪のアヴァロン

～どうやら決闘相手が無敵スキル持ち
らしいので、こちらはチート無双で
いかせてもらいます～

5

Author
鳴沢明人
Illustrator
KeG

口絵・本文イラスト　KeG

FINDING AVALON
—— The Quest of a Chaosbringer ——

CONTENTS

『災悪のアヴァロン』

キャラクター所属組織図

成海家

成海大介（なるみ だいすけ）
ブタオの父。雑貨屋経営の中年男。

成海沙雪（なるみ さゆき）
ブタオの母。見た目の若い美女。

チームEEE（イースリー）

成海華乃（なるみ かの）
ブタオの妹。天才肌の元気系美少女。

成海颯太（なるみ そうた /ブタオ）
物語の主人公。本来の「ダンエク」では悪役デブだったが……？

大宮皐（おおみや さつき）
委員長気質の生真面目な少女。人柄がよい。

新田利沙（にった りさ）
二人目のプレイヤー。知的で小悪魔タイプ。

赤城パーティ

早瀬カヲル（はやせ かをる）
凛とした美少女で、ブタオとは幼なじみ。

赤城悠馬（あかぎ ゆうま）
大きなカリスマを持つ「ダンエク」本来の主人公。

立木直人（たちぎ なおと）
頭脳優秀で、クラスの参謀格。

三条桜子（さんじょう さくらこ）
「ダンエク」人気ヒロインでピンク髪が特徴。通称「ピンクちゃん」。

磨島大翔（まじま ひろと）
Eクラスの実力者の一人。

月嶋拓弥（つきしま たくや）
三人目のプレイヤー。性格は軽薄。

久我琴音（くが ことね）
小柄で不愛想な少女。実は特殊部隊員。

Eクラス

刈谷勇（かりや いさむ）
Dクラスのリーダー格。粗暴で狡猾な性格。

間仲善（まなか ただし）
兄のコネで攻略クラン「ソレル」の威を借る少年。本人は実力的には小物。

Dクラス

鷹村将門（たかむら まさかど）
Cクラスのリーダー。周防とは過去の因縁がある。

物部芽衣子（もののべ めいこ）
鷹村のお付きで、おでこがチャームポイント。

般若の男
物部芽衣子の兄で仮面を着用。隠れた大物？

Cクラス

周防皇紀（すおう こうき）
貴族出の実力者。私兵の弓部隊を擁する。

Bクラス

世良桔梗（せら ききょう）
学年主席で容姿端麗な次期生徒会長。「聖女機関」のサポートを受ける。

天摩晶（てんま あきら）
全身鎧を着こんだ、天真爛漫な少女。黒執事隊「ブラックバトラー」の忠誠を受ける。

Aクラス

第01章 ✦ 宵《よい》の空を仰ぎ見て

夕闇《ゆうやみ》の空に一番星が輝《かがや》きだす時刻。

あの輝く星は何て名前だろうか、と周囲の星や星座から推測しようとするものの、夜空は街の灯《ひ》により眩《まぶ》しく照らされているせいか他の星はほとんど見つけられない。

ここは日本に唯一《ゆいいつ》存在するダンジョン都市。道や建物のいたるところをライトが照らし、多くの冒険者《ぼうけんしゃ》が夜の街に繰《く》り出して楽しげに騒《さわ》いでいる。そんな場所では一等星すらも見つけづらく、あの星の名前を推測することは早々に放棄《ほうき》した。


そのまま買《か》い物袋《ものぶくろ》をぶら下げ、帰ったら何をしようかと考えながら鼻歌交じりに歩いていると、やや暗く静かなエリアへと入る。冒険者学校前だ。

昼間は生徒やら学校関係者で賑《にぎ》わうこの場所も、もう警備員くらいしかいないだろう。

そう思って静まり返った校内をチラッと覗《のぞ》くと、遠くに人の動く姿が見えた気がした。

何をしているのかと目を細めれば、それほど明るくない街灯の下でジャージ服の女生徒が、綺麗《きれい》なフォームで何度も竹刀《しない》を振《ふ》り下ろしているではないか。一つひとつの動作に気を使っているのだろう、反復した動きに全くズレがない。背中を向けているので顔は見えないが……あの動作ができるサイドポニーは、カヲルだ。

校内には一部だけマジックフィールドの領域があり、そこではダンジョン内と同じく肉体強化の恩恵《おんけい》を受けることができる。その状態で練習すればわずかだが経験値も得られるため、最近のカヲルは時間があればあの場所に来て鍛錬《たんれん》しているのだ。

いつもは赤城《あかぎ》君やピンクちゃん、立木《たちぎ》君も一緒《いっしょ》にいるはずだけど、今日はカヲルの姿だけしか見えない。それでも一人ここへ来て、こんな暗くなるまで熱心に素振《すぶ》りをしているのは〝強くなりたい〟という思いが人一倍強いからだろう。それにしても——

（綺麗だな……）

ほんのりとした街灯の光に照らされる幼馴染《おさななじみ》。その愚直《ぐちょく》にも美しく剣《けん》を振るう姿に、しばし時間を忘れて見惚《みと》れてしまう。

ダンエクでのカヲルはあの剣道《けんどう》から派生させた剣術《けんじゅつ》を用い、数多《あまた》のモンスターや悪党を葬《ほうむ》っていたが、今あそこにいるカヲルも研鑽《けんさん》を積み重ねていくつもの試練を乗り越《こ》えていけば、いつかは同じ高みに到達《とうたつ》するときが来るだろう。

しかしそうなれば、本格的に俺《ブタオ》から離《はな》れていくことになる。主人公である赤城君と行動する時間が増えることで幼馴染という接点も薄《うす》れ、やがては完全に他人となるときがやってくる。

そんなことを考えただけでも俺の中にいるもう一人がシクシクと涙《なみだ》を流し、俺の心まで締《し》め付けてくる。長年好きでずっと追いかけていた女の子なのだから無理もない。だがそのときのカヲルは大きな幸せを掴《つか》んでいるはずだ。多くの人からも期待され、愛されていることだろう。

だから俺はぐっと堪《こら》えて陰《かげ》ながらだけど応援《おうえん》しようと思う。

（頑張《がんば》れよ、カヲル）

心の中でそう呟《つぶや》いてから、くるりと身を翻《ひるがえ》して物音を立てず学校の敷地《しきち》から出ていこうとするのだけど、足場が薄暗《うすぐら》い上に苔《こけ》が生えていたせいか、つるりと滑《すべ》ってしまう。

綺麗に尻餅《しりもち》をついて真っすぐに脳に伝わってくる痛みに思わず声が出そうになったが、全神経を集中させて何とか我慢《がまん》することができた。近くで見ていたことをバレるわけにはいかないのだ。

しばらくケツをさすって痛みに耐《た》えた後、買い物袋から飛び出て散らばってしまったリンゴを拾おうとするのだけど……暗くてよく見えない。それでも何とか手探《てさぐ》りで拾って最後の一つに手を伸《の》ばそうとすると、親切にも拾って手渡《てわた》してくれる人がいたではないか。

ありがとうございます、とお礼を言おうとしたところで、ふと疑問が頭をよぎる。こんな人気《ひとけ》のないところでタイミング良く手渡してくれる人とは、一体どこのどちら様だろうか。そう思って顔を上げてみれば——

「……ここで、何をしてたの？」

俺を見下ろしていたのはカヲルだった。目を細めて何しに来たんだとでも言いたげな無表情の顔になっていらっしゃる。不味《まず》いぞ、まるでストーカーしてバレてしまった現場みたいになっているではないか。可及的速《かきゅうてきすみ》やかに弁明しないとダンエクのブタオのように嫌《きら》われてしまう。

「い、いやぁ、たまたまここを通りかかってさ、誰《だれ》かいたのが見えたから様子を見にね……偶然《ぐうぜん》ってあるもんなんだな」

「……そう。ここは暗いし、地面には木の根が張り巡《めぐ》らされてるから注意して歩かないと危ないわ」

一度大きな息を吐《は》くとカヲルは手に持った竹刀を袋《ふくろ》に入れて、帰り支度《じたく》を始めてしまう。あんなに集中して頑張っていたというのに、何だか申し訳なくなってしまう。

「すまん、邪魔《じゃま》をしてしまったみたいで……」

「こんなに薄暗くなっていたって気づかなかっただけよ。帰りましょう」

こっそりとカヲルの顔色を窺《うかが》うものの、特に怒《おこ》っている様子はなく淡々《たんたん》としている。

まぁ、弁明したところで心象はあまり良くはならなそうだし、無駄《むだ》な抵抗《ていこう》はやめて俺もついていくことにしよう。


薄暗い校内を出て、再び街灯に照らされた明るい通りを二人で歩く。

カヲルは竹刀を入れた袋を背にして、いつも通りに姿勢良く歩いているけど、朝早くからこんな時間まで、しかも毎日自分を追い込《こ》んでいれば相応の疲労《ひろう》が蓄積《ちくせき》しているはずだ。それでも弱音を吐いたり疲《つか》れた様子を欠片《かけら》も見せないところがカヲルらしいと言える。

周囲からはどこからともなく冒険者の笑う声が聞こえ、料理屋からは香《こう》ばしい匂《にお》いが漂《ただよ》ってくる。子供が母親の手を握《にぎ》ってあれこれを買ってとねだっている姿も見える。これくらいの時間のこの通りは大体いつもこんな感じである。この街で生まれ育ったブタオの記《き》憶《おく》からも、幼馴染であるカヲルからしても見慣れたいつもの光景であろう。

（でも俺にとっては少し違《ちが》うんだよな）

ほんの数カ月前。この世界に飛ばされた当初の俺からすれば、ここはゲームの世界に過ぎなかった。

この街も、行き交《か》う人々も、あの学校も、隣《となり》を歩くカヲルすらもそうだ。プレイヤーとしてゲーム内に飛ばされた以上、どう攻略《こうりゃく》して成り上がってやろうか、そのついでに帰る方法を見つけて失敗したら帰ればいいか、なんて軽いことを考えていた。つまりは全てをゲームの延長と捉《とら》えていたわけだ。

そんな俺にブタオの意識が乗っかって、この街で両親や華乃《かの》との賑やかな生活が始まり、毎日必死に頑張っている幼馴染を見ていて変化が生じた。そこかしこに葛藤《かっとう》があり、何気ない無常の愛があり、恋《こい》する女の子がいた。この世界は単なるゲーム世界のデータではなく、紛《まぎ》れもなく血が通っていると気づかされたのだ。

おかげで徐々《じょじょ》にだが俺の視界は色鮮《いろあざ》やかなものになっていった。元の世界で人と関わることを極力避《さ》けて生きてきた孤独《こどく》な俺にとって、それは衝撃的《しょうげきてき》なことだった。

気づかせてくれたブタオや愛すべき家族、いつも一生懸命《いっしょうけんめい》な幼馴染、そして当たり前となっているこの光景を、感謝の意味を込めて守っていきたいと今は強く思っている。

やや感傷的な気分になってふと空を見上げれば、先ほどカヲルと出会う前に見ていたあの星が、より一層キラキラと輝いていた。相変わらず周囲の星々はほとんど見えないので何の星なのかは特定できない。

「……あれは、宵《よい》の明星《みょうじょう》ね」

俺の見上げる視線に気づいたカヲルが、同じく空を見上げる。宵の明星……つまりあれは金星だったのか。恒星《こうせい》ではなく惑星《わくせい》なら星座の形が見えたところで判断できるわけがない。しかし金星とはあんなにも輝いているものなんだな。

　カヲルは続けてわずかに見える他の星の名前も指差して教えてくれる。もうすぐ七夕。あのあたりに織姫《おりひめ》星と彦星《ひこぼし》があって、その間に天の川が流れているはず——というけれど、星なんてほとんど見えない明るい夜空でよく判別できるものだと感心する。天文学とかに興味があるのだろうか。

「昔からよく夜空を見てたから……母が教えてくれたの」

　小さな頃《ころ》は縁側《えんがわ》で庭や空を一人で眺《なが》めることが多かったという。確かにブタオの記憶でも幼い頃のカヲルは引っ込み思案《じあん》で一人でいることが多かったが、それは性格的な理由というより体が弱かったせいだと記憶している。今は亡《な》き母親がそんな娘《むすめ》に寄り添《そ》ってあれこれと星の名前やエピソードを教えていたようだ。

　隣で星を指差している幼馴染の顔は、どこまでも柔《やわ》らかい優《やさ》しい表情をしていた。もしかしたらそのときの思い出を重ねて見ているのかもしれないな。

　カヲルが真のダンエクヒロインとして成長するための、心の支えになっている母親。一流冒険者であり今のカヲルに似てとても綺麗な人だったのは知っているが、どんな人物だったのか。

記憶からひも解いて探《さぐ》ろうとするものの、ブタオ自身も幼少だったためか全体的におぼろげだ。それでもカヲルの話す様子からは相当に誇《ほこ》らしい人物であったことが推測できる。それだけで十分だろう。

（でもあんたの娘だって負けちゃいないんだぜ）

こんなにも頑張り屋で、素直《すなお》で、セクハラしまくっていた俺《ブタオ》にも徐々にだけど心を開いてくれる度量があり、強大な相手でも立ち向かっていく勇気まで併《あわ》せ持っている。きっと凄《すご》い冒険者になるはずだ、そのときが来るのはそれほど遠くはない。

天国で期待して見ていてくれよな。

第02章　強さへの渇望

「颯太《そうた》～もう時間だけど大丈夫《だいじょうぶ》～？」

階段下からお袋が声をかけてくる。時計を見てみればもう家を出る時刻だ。今までならカヲルが早めに迎《むか》えに来てくれるので正確な時間なんて気にする必要はなかったのだが、ここ最近は赤城君達《たち》と練習をしに朝早くから学校に行ってしまっているので一人登校となっている。おかげで気づいたら時間ギリギリだ。

「まっ、いつまでも頼《たよ》りきりになるわけにはいかないしな」

最近のカヲルは目つきも変わり、本気で強くなろうとしているのがひしひしと伝わってくる。夕べも直向《ひたむ》きに努力している姿を見て、とても眩しかった。

思いなおせば、元の世界の俺は自分の学力で届きそうな範囲《はんい》の大学しか受験しなかったし、仕事においても本気で打ち込んでいたというわけではなかった。

こちらの世界に来てからは、強くなるためにゲーム知識を駆使《くし》して最高効率で、という思考に寄りがちだったと思う。いわば、青臭《あおくさ》い努力とか精神論などをすっ飛ばし、スピード重視の強化を目指してきたわけだ。別にそれが悪いことだとは思わないが、毎日必死に頑張る姿を見ていると何だか少し、胸の収まりが悪い部分があるのだ。

「ちょっとは俺も手伝ってあげたいけどな……」

今までカヲルに近づこうとしなかったのは、自分が退学にならないようにするという理由があったたし、赤城君に任せることが幸せになれる一番の近道なんじゃないかという考えもあった。だけどそれよりも俺が近づくことで傷つけ不幸にしてしまうんじゃないかという怖《こわ》さをどこかで感じていたような気もする。ただ逃《に》げていただけかもしれない。

夕べのカヲルを見ていたら、多少リスクがあっても手伝ってあげたいという相反する思いがどんどん強くなってくる。まぁ素直にゲーム知識を教えて〝こちら側〟に呼び込めたらいいんだけどな。内なるブタオマインドも日々そう訴《うった》えかけてきているわけだし。

ただしその場合、直向きに頑張ろうとする意欲を奪《うば》ってしまうかもしれないし、ダンエクヒロインとしての成長に影響《えいきょう》がでる可能性もある。俺にそんな権利と覚悟《かくご》があるのか……という問題も重くのしかかってくる。

「よし、こんな感じかな」

姿見で寝癖《ねぐせ》を直して、他におかしい箇所《かしょ》がないかチェックしてからカバンを持つ。最近の学校は色々とおかしな方向に進んでいる気がしないでもないが、今日も何のトラブルもなく静かな日であることを願うばかりだ。

もう7月も目前に迫《せま》っているため朝だというのに気温と湿度《しつど》がぐんぐんと上昇《じょうしょう》し、ただ歩いているだけで汗《あせ》が滲《にじ》み出てくる。瘦《や》せていればこれくらいの蒸《む》し暑《あつ》さはどうってことなかったかもしれないが、またぽっちゃり体形に戻《もど》ってしまったことが悔《く》やまれる。だがあの時を逃《のが》せば一生食えないような豪華《ごうか》メニューをスルーできたかといえば……多分無理なので、これは確定されたルートだったのかもしれない。

世知辛《せちがら》い世の中を一通り嘆《なげ》いていれば校舎はもう目の前。家から学校まで徒歩5分の距離《きょり》なので、登校している間だけではおちおち考えることもできない。小綺麗《こぎれい》な下駄箱《げたばこ》に靴《くつ》を入れて上履《うわば》きを取り出していると階段から何人かが慌《あわ》てるように下りてきて、そのまま通り過ぎて行った。

(あれは……クラスメイトだな)

もうすぐホームルームが始まるというのにそんなに急いでどこへ向かうのだろうか。気にせず教室を目指して歩いているとまたクラスメイト達が走ってきて通り過ぎていく。その際に話していることが聞こえてきた。

「場所は第二剣術部の部室で合ってる?」

「いや、闘技場《とうぎじょう》だとよ。女子だからって手加減はされねーだろうな……」

「いいから急ぐぞっ」

第二剣術部に闘技場。それと女子。どうにも嫌《いや》な感じがするぞ……場所は闘技場か。俺も急いで向かおう。


冒険者学校には4つの闘技場がある。全てがマジックフィールド内にあり、多少の魔法《まほう》や斬撃なら耐えうる頑丈《がんじょう》な造りをしているので授業や部活で鍛錬するときには重宝する場所である。

そのうちの1つ、Eクラスも剣戟《けんげき》の授業で使っている〝4番〟と書かれた闘技場前に人だかりができていたので早速割《さっそくわ》り込んでみる。だが入り口周辺の狭《せま》いところに数十人が密集しているため、背伸《せの》びをしたり顔をずらしても前がどうなっているのかよく見えない。仕方がないので偶然を装《よそお》いつつ全体の動きを読みながら強引《ごういん》に体を押《お》し込み、少しずつ前に進んでみる。途中《とちゅう》、肘《ひじ》やパンチなどが飛んできたがここはマジックフィールド内のため、肉体強化された俺には通用しない。

（さて、どうなってる――って、おいおい）

やっとのことで隙間《すきま》から顔を出し、最初に見えたのは第二剣術部部員の無残な姿だ。壁《かべ》に激突《げきとつ》していたり、うつ伏《ぶ》せや、大の字に倒《たお》れていたりとやられ方は様々。ダメージの具合から一撃《いちげき》でやられているように見える。これはどういうことなのか。

闘技場の奥《おく》には制服の上着が引き裂《さ》かれ青あざだらけの赤城君と、眼鏡が割れて髪《かみ》もボサボサになった立木君。その背後に無傷のピンクちゃんとカヲルがいた。あの姿を見ると赤城君達が襲《おそ》われたことは分かるが、やり返したからこうなったのではないだろう。〝第二〟といってもレベル10を超《こ》えてくるそれなりの実力者集団。マジックフィールド外ならともかく、マジックフィールド内にあるこの場で戦ったのなら今の彼《かれ》らのレベルでは荷が重すぎる。

次に目に入ったのは月嶋《つきしま》君だ。闘技場の真ん中で気だるそうにポケットに手を突《つ》っ込み、まだ立っている部員らしき人達を睨《にら》んでけん制している。どうして彼がそこにいるのか。いや――あそこで倒れている部員達をやったのは月嶋君だろうか。

「て、てめぇ、こんなことしてタダで済むと思うなよ」

「死にやが――がはっ」

「糞雑魚《くそざこ》のくせにデケぇ口叩《たた》くんじゃねぇよ」

敵意露《あら》わに拳《こぶし》を振りかぶってきたガタイの良い部員に対し、冷静にカウンターを決めて壁までぶっ飛ばす月嶋君。今の一瞬《いっしゅん》の殴《なぐ》り合いを見る限りでは実力の差は明白だ。ぶっ飛ばされた部員はカウンターパンチが見えている気配はなかったし、月嶋君も上手い具合に動きを読んで一撃で気絶させていた。他の部員達もその実力差を感じ取ったのか動けずにいる。

今ので何が起こっていたのかおおよそ推察できるが……最前列にリサの後ろ姿が見えたので経緯《けいい》を聞いてみよう。２、３発の肘を入れられながら身をよじるように前に出て近づいてみるが……この太った体は人混みで想像以上に身動きが取りにくいな。

「(リサ、どうなっているんだ)」
「(遅《おそ》かったわね、ソウタ。私が教室に着いたときに、早瀬《はやせ》さんが絡《から》まれてここに連れて行かれたって情報があって――)」

最初はピンクちゃんとカヲルが目を付けられて第二剣術部の奴《やつ》らに連れて行かれ、赤城君と立木君が現場に向かったという情報が教室にもたらされた。クラスメイト達がどうするか議論している間に月嶋君が一人で走っていってしまったので、それを見かねてリサやクラスメイト達も追ったとのこと。

この場に着いてみれば、もうこの有様。時間的には1分も経《た》っていないはずなのに月嶋君が半数をぶっ飛ばして睨み合いの状態となっていた。それまでは赤城君と立木君が手を出さず殴られ役を買って出ていたそうだが、それも無駄に終わってしまったわけだ。

（はぁ……やはり月嶋君が暴走していたのか）

20階でプレイヤー会議をやったときに「月嶋君はそろそろ動く」とリサが言っていたけどその通りになってしまったか。その割には突発的《とっぱつてき》すぎる出来事のようにも思えるので、月嶋君が計画していたこととは違うのかもしれない。

しかし第二剣術部を相手にこれだけの大立ち回りをしたのは問題だ。部員には上流階級である士族の出が多く、貴族にも太いパイプがある。それにEクラスを襲うよう指示したのは恐《おそ》らく第一剣術部。きっとこの騒ぎも陰から——そら来たぞ。

「……どけ」

「ひっ」「きゃーっ！」

無遠慮《ぶえんりよ》に《オーラ》を放つ生徒がやって来て、その重苦しい魔力《まりよく》を前にクラスメイト達が悲鳴を上げながら散り散りになっている。今の魔力量からいってレベル13から15くらいだろうか。だがこれを放った生徒は1年生、つまり下っ端《ぱ》の《オーラ》でこの魔力量である。続いて、しかめ面《づら》をしている集団が入ってきた。第一剣術部のお出ましだ。

上は白、下は黒い剣道着《けんどうぎ》。肩《かた》には金色の刺繍《ししゅう》で〝第一剣術部〟と縫《ぬ》われており、纏《まと》う空気も第二剣術部とは一線を画している。手にはそれぞれ練習に使う硬質《こうしつ》ゴム製の模造剣を持っているが、相応にレベルを上げた者が扱《あつか》えば大きなダメージを与《あた》えられる立派な武器となる。第一剣術部は貴族、または上級士族の子弟のみで構成されるので受け答えするにも気を付けなければならないが……不安でしかない。

「おい……どうなっている。ここで起きたことを正確に説明せよ」

先頭にいた1年生部員がドスの利いた声で問い質《ただ》し、近くにいたクラスメイトがしどろもどろになって経緯を説明している。このままでは第一剣術部の敵意が月嶋君に向かうのは時間の問題。状況《じょうきょう》は最悪と言っていい。

「(リサ。第一剣術部の全員が相手では、いくら月嶋君でもヤバくないか)」

「(う～ん……勝てるかもしれないけど～こんなに大勢が見てる場所で本気を出すとは思えないわ。どっちにしろもう見守ることしかできないわね～)」

最早《もはや》こうなってしまえば穏便《おんびん》に済むことはありえない。リサの言うように俺達《おれたち》にできることはもう見守ることくらいしかないのか。

(もっとやりようはあったんじゃないのか……)

月嶋君がカヲルの気を引こうとしていたことは知っていた。そのカヲルに暴力が及《およ》ぶ可能性があったから衝動的《しょうどうてき》に本来計画になかった行動にでてしまったのだろう。仮に俺が同じ立場であっても第二剣術部を全員ブチのめしていたかもしれない……が、少なくともアイテムを使って正体を隠《かく》したり闇討《やみう》ちなどの手段を取って騒ぎが大きくならないよう配慮《はいりょ》はしていた。

そろそろ動くと言っていた月嶋君にとっては、これほどの騒ぎを起こしても想定内のことなんだろうか。

さらに状況は動く。後ろから剣道着を着た新たな部員達がやってきた。体が一回り大きい者や、家紋《かもん》入りの剣道着を纏《まと》った女生徒までいる。第一剣術部の幹部クラスだろう。その中にはEクラスを襲うよう指示したと思われる足利《あしかが》の顔まで見える。

写真で見たときのイメージよりも体が分厚くて大きい。1年の部員が足利を「副主将」と呼んでいることから、八龍《はちりゅう》と言われる部長に次いで2番目の実力者と推測できる。つまり、次期部長の最有力候補といったところか。厄介《やっかい》な相手に睨まれたもんだな。

「これは何の騒ぎですか。1年、説明を」

「はっ。あそこに立っている劣等《れっとう》クラスの平民が、第二の部員を殴り飛ばしたとのことです。いかがなさいましょう」

「……Eクラスが……第二の部員を？　ほう」

その報告を聞いて足利は月嶋君の前まで歩み寄る。その表情は怒っているというより、むしろ嬉《うれ》しそうだ。隠しきれない笑《え》みを浮《う》かべている。目の前に立つと月嶋君の頭から爪《つま》先まで観察するようにまじまじ見つめる。

「君があれらをやったのですか？」

「……あぁ？　それがどうした」

倒れている第二剣術部の部員を指差して問う足利に、ポケットに手を突っ込んだまま不敵な笑いで応酬《おうしゅう》する月嶋君。クラスメイト達も不安そうに見守っているが、成り行き次第《しだい》ではEクラス全体に制裁が波及《はきゅう》するかもしれないので不安になるのも当然だ。

「一応、理由を聞いておきましょうか」

「雑魚《ざこ》がいい加減ウザかったからだ。黒幕のお前をぶっ潰《つぶ》して終わりにしてやるよ」

「私をぶっ潰す……？　平民の君が？　……フッ……フッ」

「あっはっはは」「ハハッハッ」

最初は静かな失笑《しっしょう》から始まり、それが周囲の部員らにも伝染《でんせん》したように、やがて大きな笑いの渦《うず》となる。明らかに月嶋君を馬鹿にした笑いだ。それはそうだろう、劣等クラスと呼ばれているEクラスの生徒が第一剣術部のナンバー2という冒険者学校でも有数の実力者相手に「ぶっ潰す」なんて言葉を吐いたのだ。単なる無知、もしくは何かのギャグと思うのが普《ふ》通《つう》だろう。

部員達が嘲《あざけ》る声を上げたり、せせら笑う。そんな中でも足利の目だけは笑っていない。失笑してみせたものの、油断なく月嶋君から目を反らさずに重心の動きを注視しているようだ。第二剣術部を無傷で複数人倒したということは、それだけでも第一剣術部の末端《まったん》くらいの実力があることを意味する。足利の不意を突けば倒すまではいかなくてもダメージを与える力があると踏《ふ》んだのだろう。

やがて失笑も収まると痛いほどの沈黙《ちんもく》が支配する。この後、二人に起こることを想像し周囲が固唾《かたず》を飲んで見守る中、均衡《きんこう》を破ったのはカヲルだ。

「ご、ごめんなさい。私が悪かったんです！　どうかお許しください」

「……下がりなさい平民。私はこの男と話しているのですよ」

決死の覚悟で前に出て頭を深々と下げるカヲル。元はと言えば自分をかばって起こった出来事。反抗《はんこう》する気は微塵《みじん》も無かったので許してください、と大きな声で言う。だが、足利は目も合わせない。後ろに控《ひか》えていた第一剣術部の部員がカヲルを追い払《はら》おうと前に出て怒気《どき》をぶつけたため、月嶋君も手の関節を鳴らしながら前に出る。

「下がっていろカヲル。こいつらはすぐに始末してやる」

「待って、落ち着いて月嶋君」

慌てるように仲裁《ちゅうさい》に入るカヲルをよそに、月嶋君が体内で魔力を巡らせる。場の緊張《きんちょう》が急激に高まり、息を呑《の》む音が聞こえてきた。これだけ野次馬《やじうま》がいる中で第一剣術部と戦闘《せんとう》になってしまえばどれくらい巻き込まれてしまうのか被害《ひがい》が予測できない。カヲルもそう考えて止めたのだろうが、足利は戦う気がないのか右手で周囲を制止させて、しばし考えるようなそぶりを見せる。

「待ちなさい。今この場で戦ってしまうというのもつまらないですねぇ……どうせなら、大勢のギャラリーを呼ぶことにしましょうか。生徒会長や他の八龍の方々もお呼びし、誰が次の生徒会長に相応《ふさわ》しいか見定めていただきましょう」

名案を思い付いたとでもいうように身振《みぶ》り手振《てぶ》りを使い仰々《ぎょうぎょう》しく話し始めた足利。1週間後の放課後、闘技場1番にギャラリーを呼び込んで1対1の決闘《けっとう》を行う。その間、第一と第二剣術部はEクラスに手出しをしない、という協定も付けてもらったのはいいことだけど、他の八龍まで呼び込むなんて……これは大事になってきたな。

「私に勝てずとも善戦できたのなら我《わ》が第一剣術部の入部を認めてあげましょう……それとも、金品などの褒美《ほうび》のほうがいいですか？」

「いい機会だ。何も知らない無知蒙昧《むちもうまい》の阿呆《あほう》共に……真の強さってやつを、徹底的《てっていてき》に分からせてやる。クックック……首を洗って待ってろよ足利ァ」

「……そうですか。では楽しみにしていますよ」

思ってもみなかった期待外れの答えに憐《あわ》れみの目を向けた後、足利と第一剣術部は倒れている第二剣術部の救護もせずに帰ってしまった。入れ替《か》わるようにサツキが保健の先生を連れてきてくれたので後は任せても大丈夫だろうか。

保健の先生は到着《とうちゃく》するとカバンの中から魔道《まどう》具や医療《いりょう》器具を取り出し、最初は壁際で伸びている第二剣術部から触診《しょくしん》に入る。その様子を見ながら先ほどの出来事を振り返る。

（決闘なんて大事になったな。これはもう動かしようはないのか……？）

相手は八龍と言われ、冒険者学校において高い影響力《えいきょうりょく》を持つ第一剣術部。はっきり言ってAクラスと対立するよりも事態は深刻だ。第一を相手にするということは第二、第三剣術部も敵に回るのは当然として、関連する貴族や上位クラスまで動きかねず、そうなれば決闘に勝っても負けてもEクラスは徹底的に追い込まれるしかない。八龍と戦うということはそういうことなのだ。

（今回カヲルは目を付けられているし、矢面《やおもて》に立たされるかもしれないな）

月嶋君が暴走しただけ、と言ってもそんなことは通用しない。貴族が決闘をするというのは重い意味を持つのだ。Dクラスくらいなら今の赤城君達のレベルでもやりようはあるんだがな……

どうにか対策を講じたいけど俺にできることなんてあるのかと、あれこれと考えるものの良案など一つも浮かばない。せめて月嶋君が何を考えているのか知りたいと思って見ていると――ん？　カヲルと何か話しているな。こっそり近づいて情報収集してみよう。

「月嶋君。さっき見せた力は……何なの？　もしかしたら大宮《おおみや》さん以上の――」

「色々と都合があって実力を隠していたんだ。それよりも、カヲル……そろそろ頃合《ころあ》いだし俺と一緒に来い。お前にも〝強さ〟を与えてやるよ」

「……どういうこと？」

月嶋君に迫られているカヲルを見ていると胸がざわつき始める。〝強さ〟とはプレイヤー知識のことだろうけど、それを教えるということか。俺だってサツキに教えていたわけで、とやかく言える立場ではない。この先パートナーとしてカヲルをずっと守ってくれるなら、俺は……

「アイツらをぶっ飛ばしたのも全てお前のためにやったことなんだぜ。俺ならお前を〝超《ちょう》一流冒険者《いちりゅうぼうけんしゃ》〟まで引っ張ってやれると約束できるし、その時が来るまで守ってやれる。なあ〝強さ〟を欲《ほ》しくはないのか？」

「私は――」

そう、カヲルの夢は一流冒険者になること。個別ストーリーを最後まで進めたことのあるプレイヤーなら誰でも知っている情報だ。

ゲームではその夢を叶《かな》えるために暴力が渦巻《うずま》く酷《ひど》い学校生活を送りながら、汗と泥《どろ》に塗《まみ》れ足掻《あが》きながらも愚直に強さを求めていた。この世界でのカヲルもその心情は変わっていない。今朝だって早くから学校に行き、自らを追い込んで鍛《きた》えていた。強さに対する渇望は人一倍あるのだ。

そしてゲームでのカヲルが恋に落ちた決め台詞《ぜりふ》も「一緒に超一流冒険者になろう」だった。主人公の強さに惹《ひ》かれ憧《あこが》れたカヲルは「この人となら自分の夢を叶えられる」とその手を取って誘《さそ》いを受けた。だからこそ、先ほどの月嶋君は「超一流冒険者」という口説き文句を使って攻略《おと》しにかかったのだろう。

カヲルだって第二剣術部を圧倒《あっとう》した現場を目撃《もくげき》したのなら、月嶋君の強さがブラフではないことくらい気づいているはず。共に歩んで行けば強くなれるという可能性にも。事実、プレイヤー知識を手に入れたなら一流冒険者の領域に届く可能性が極《きわ》めて高くなる。

逆に月嶋君にしても、しっかり者で頭も良いカヲルからいつでも助言をもらえるなら暴走気味な性格や行動にも落ち着きがでるかもしれないし、カヲルの信頼《しんらい》まで得られたならダンジョン内外でも強力な相棒となり支えてもらえることだろう。つまり、二人がくっつけば互《たが》いに大きなメリットを享受《きょうじゅ》できる話となるのだ。

戸惑《とまど》い逡巡《しゅんじゅん》するカヲルの手を取ろうと、月嶋君がさらに迫る。それを見た俺の心がさらにざわつき、鼓動《こどう》が速くなる。俺はこのまま見ている――

(――わけがないだろ)

後ろからカヲルの手を引いて俺の元に引き寄せると、カヲルは驚《おどろ》いたのか切れ長の大きな目を僅《わず》かに開きながら不思議そうに俺を見ている。何故《なぜ》出てきたの、とでも思っているのだろうか。

「何のつもりだ……ブタオ。冗談《じょうだん》抜《ぬ》きでぶっ殺すぞ」

「……いやぁ、まぁあの……」

俺の中のブタオマインドがうねるように燃え上がったせいで、衝動的に体が動いてしまった。大事なところで水を差された月嶋君は機嫌《きげん》を大きく損《そこ》ね、物凄《ものすご》い形相になっている。今にも襲いかかってきそうじゃないか。

後先考えずに間に入ったはいいが……さてさて。どうやって切り抜《ぬ》けたもんかね。

カヲルを手元に引き寄せて、月嶋君と向かい合う。俺を睨んでくるその怒《いか》りに満ちた目には殺意のようなものまで滲ませている。

「おい……忠告だ。今すぐカヲルを放せよ、豚野郎《ぶたやろう》」

よく見れば魔力を増幅《ぞうふく》し、体内で静かに循環《じゅんかん》させている。そのレベルの肉体強化に魔力まで加えて殴ったら、そこらの人間なら死にかねないぞ。まぁ俺なら十分耐えられると思うけど。

しかし月嶋君の怒りの大きさからしてカヲルに言った言葉は本気だったことが窺《うかが》える。先ほどの口説き文句にしても平静に話しているように見せかけて、かなりの賭《か》けだったのかもしれない。告白とも言えるそれをカヲルに散々悪さをして苦しめてきた〝悪役〟が邪魔をしたのだ。怒り心頭になるのも頷《うなず》ける。

（けどな。俺だってそう簡単に大事な幼馴染を渡《わた》すわけにはいかないんだ）

正義と道徳を重んじ弱者に手を差し伸べ、邪悪《じゃあく》な難敵にも勇敢《ゆうかん》に立ち向かう赤城君が相手なら、内なるブタオマインドを押さえつけてでも身を引く覚悟はあった。会って話したいという衝動的な気持ちもこれまで何度も宥《なだ》めてきたが、それもカヲルが幸せになれるならという思いがあればこそだ。

だけどその相手が月嶋君となれば話は変わる。この世界の人々をNPCだと軽く見ているし、多くの敵を作るような好戦的な考えや、力により周りを従えようとする危険な思想まで持っている。その結果、恨《うら》みを買いまくることになっても月嶋君なら大抵《たいてい》の奴らを退けられるし問題にはならないのだろう……が、カヲルはそうではない。

もし敵が月嶋君を倒せないと踏んだら、狙《ねら》いを変えて一番近い位置にいるカヲルを襲うことも十分考えられる。そのときに身を挺《てい》して、時には命を懸《か》けてでも守ってくれるのか。たとえ守りきれたとしても、カヲルの大事な人達まで守りきれるのか。「この世界がゲーム」で「人々はNPC」だという考えを捨てない限りそこまではしないだろう。だからこそ月嶋君にはカヲルを任せられない。

では、俺はどうなのか。この世界に来たときは俺もゲームだと思った。何をしてもいいと、どうせゲームなんだからと割り切って楽しもうとしていた。だが家に帰れば底抜《そこぬ》けに明るい愛すべき妹や両親がいて、すぐ近くには日々葛藤し続ける大事な幼馴染がいて、この体には思い通りにならず迷走《めいそう》し焦《あせ》ってばかりいるお前《ブタオ》がいた。笑い、悲しみ、怒り、喜び、そしてこの世界に住む人達が本当に生きているのだと教えてくれたのだ。

それを知れた俺《おれ》は運が良かっただけなのかもしれない。だけどそれを知っているからこそ、カヲルの相手となる人には、カヲルも周囲も纏《まと》めて愛してくれる人にして欲しいのだ。

（でも、一発くらいはもらっておかないと済みそうにないな）

あの怒りはちょっとやそっとでは収まりそうにない。体内に巡る魔力量を見た感じでは俺のレベルより大きく高いというわけでもなさそうだし、多少殴られたところで十分に耐えられるはず。もちろん、できることなら遠慮《えんりょ》したいけど。

「こんだけ言ってもカヲルから離《はな》れないとは余程《よほど》の馬鹿か、舐《な》めてるのか……まぁいい。覚悟はできてんだろうな——って。何の真似《まね》だ」

握った拳に力を込め、ゆっくりと歩いてくる月嶋君。そこに割《わ》り込んだのはカヲルだ。長い髪を揺《ゆ》らして俺を庇《かば》うように目の前で両手を広げる。

「暴力はやめて。もし手を出したら……私はあなたを許さない」

「おいおい、こんな奴まで庇うのかよ。今までブタオにされてきた悪行を思い出せ」

悪行、と言われて俺もこっそりと思い出すと、冒険者《ぼうけんしゃ》学校に入るまでのセクハラ三昧《ざんまい》だった記憶が走馬灯のように脳裏《のうり》を駆《か》け巡る。ストーカー行為《こうい》、おっぱい凝視《ぎょうし》、「カヲルは俺の女」発言、近づく男には威嚇《いかく》するなど。はぁ……今すぐ土下座したい気分に駆られるぜ。

当時の俺《ブタオ》は日々美人になっていくカヲルを目の前にすると妙《みょう》な焦りがでてしまい、好かれようと頑張《がんば》るものの行動する全てが裏目に出たり空回りしたりと余計に嫌われていた。

今の俺から見れば至極《しごく》当然の結果である。

前にいるカヲルをチラッと見てみれば、同じく俺《ブタオ》の悪行を思い出したのか少しだけ眉《まゆ》を寄せて嫌そうに視線を落としていた。すまないことをした……と心の中で地べたに這《は》いつくばるようにして謝《あやま》っていると、カヲルは再び顔を上げて月嶋君に向き直る。

「……昔の話よ。どうしてそのことを知っているのかはおいておくにしても、それはあなたに関係のないこと」

「だけどよ、こういう馬鹿には最初にきっちり立場ってもんを分からせておいたほうが上《う》手《ま》くいくってもんだろ」

確かにっ。ゲームで登場するブタオを見る限りはどう考えても更生《こうせい》するような人物には見えないので俺でもそう考えてしまうぜ。てへっ。

「何でも暴力で片を付けようとする人は嫌いだわ」

「……はぁ……わーったよ。しっかし情けねぇなぁ、女の背に隠れて震《ふる》えてるだけとはよお。テメェ玉付いてんのか？」

暴力を使おうとすることに対しキッと睨みつけて嫌悪《けんお》感を表すカヲル。月嶋君もカヲルに嫌《きら》われてまで俺をぶっ飛ばす価値はないと悟《さと》り、大きく息を吐《は》き脱力《だつりょく》したように肩を落とした。そして背中に隠れている俺をギロリと見て皮肉を口にする。だけど女の子に守られるというのも悪くはない気分ではある。

「だが、さっき言ったことは本気なんだぜ。考えておいてくれよ」

「……」

「オレはいつでもお前を見ていた。それじゃあな」

ウィンクして去っていく月嶋君。一発殴られるくらいの覚悟はしていたので素直に引いてくれたのは正直助かった。肉体強化により防御力《ぼうぎょりょく》と回復力が向上していても痛いものは痛いしな。

俺の前で背を向けたままのカヲルを見てみれば、気が抜けたのか恐怖《きょうふ》からなのか少し足が震えている。立て続けに怖い思いをしたんだ、ここはそっとしておいたほうがいいのだろうが、それでも問わずにはいられない。

「カヲル。さっきの月嶋君のあの提案、受ける気はあったのか」

「……〝強さ〟をくれるっていう話？」

目を伏《ふ》せながらゆっくりと俺の方に向き直る。よく見ればその綺麗《きれい》な顔には薄《うす》い痣《あざ》ができていた。無傷だと思っていたけど殴られていたのか。それでもこの程度で済んだのも赤城君と立木君が守ってくれたおかげだろう。もしかしたらこれを見たせいで月嶋君が逆上して暴れたのかもしれない。

せっかく朝早くから頑張って練習に励《はげ》んでいたというのに、この学校はやりたい放題する奴が多すぎる。お互い苦労するよな。

そんなことを考えつつカヲルの言葉を待っていると、大して悩《なや》む様子を見せずに軽く顔を横に振《ふ》ってあっさりと答えをだしてきた。

「受ける気はないわ。確かに強くなりたいと本気で思っているし、ついていけば強くなれるかもしれない。でもあの瞳《ひとみ》の奥には暴力が渦巻いているように見えたから」

「……そうか」

カヲルが目指している一流冒険者とは、ただ強ければいいというわけではない。勇敢で、高潔で、皆《みな》の希望になれるような英雄《えいゆう》でなければならないのだ。それは今は亡きカヲルの母親がそうだったように。その血をしっかりと受け継《つ》いでいるようで何より。俺の中のブタオマインドも安堵《あんど》でいっぱいだぜ。

ただ、喉《のど》から手が出るほど欲《ほっ》していた〝強さ〟をこうも簡単に断るというなら、この世界のカヲルを攻略《こうりゃく》するのは相当に条件が難しいのかもしれない。

「サツキが【プリースト】の先生を連れてきてくれたから、その痣も治してもらったらいい」

「……随分《ずいぶん》と落ち着いているのね。第二剣術《けんじゅつ》部の部員数名を一瞬にして倒した月嶋君の強さは尋常《じんじょう》ではなかったわ。もし暴力を振るわれてたら……颯太は無事ではすまなかったのよ？」

俺はその戦いを見ていないのでどれくらいの強さだったのかは正確には分からない。だがカヲルが言うように第二剣術部をぶっ飛ばした暴力は、レベル一桁《けた》前半の人間が耐《た》えられるようなものではないのは確かだ。あのまま止めなければ文字通り間違《まちが》いなくぶっ飛ばされていただろうしな。

そう思ったからこそ恐怖を抱《いだ》きながらも間に入ってくれたのだろうが、ゲームでは身を挺《てい》してまでブタオを守るシーンなんてなかったので驚いたぜ。とはいえ、このまま心配させておくのは気が引けるので少しは安心させる言葉でも投げておくとする。

「止めてくれたのは助かった。だけどこう見えてもサツキやリサに教わって鍛えてるから、ちょっとくらい殴られても大丈夫なんだ」

「大宮さん達に教わってるって……パワーレベリングじゃなくて？　……それなら、その練習に私も交ぜて欲しいのだけど」

こちらを真っ直《ま》ぐ《す》見ながら練習参加の意志を伝えてくるが、同時にその目は何かを探っているようにも見える。それは何なのかは分からない。

「サツキ達とはすでに練習会をやっていたと聞いていたけど、物足りなかったのか？」

「そういうわけではないけど……颯太が普段《ふだん》どんな練習をしていて、どれくらい強いのか興味があるの」

なるほど、俺の強さを見たいのか。それならサツキのように仲間となって俺を全面的に信用してもらわなくては困るのだが……散々セクハラで悩ませてきたカヲルにそれを強要するのは無理がありすぎる。まぁ強さを見たいというのではなく、単に俺の能力を疑問視してるだけだろうけど。

だが月嶋君の行動次第では予測不能な状況に陥《おちい》り、カヲルにも暴力が及ぶかもしれない。ここは自己防衛のためにもさらなる飛躍《ひやく》に繋《つな》がるよう練習を手伝ってあげるべきか……いや、そんな自分を騙《だま》すみたいな考えは止めよう。俺は手伝いたくなったのだ。

冒険者学校に入ってからのカヲルは顔つきが変わり、悲壮感《ひそうかん》すら漂《ただよ》わせて頑張ってきた。そんな姿を見ていたら応援《おうえん》したい気持ちが止められなくなってしまうのも無理はないじゃないか。

（ならば、どういった練習がいいのだろう。適性は……）

現時点のカヲルは剣術一辺倒《いっぺんとう》に鍛えているようだけど、ダンエクでのカヲルは意外にMPの伸《の》びが良く、魔《ま》法剣士《ほうけんし》としての才能もあったことを覚えている。なら手っ取り早くダンエク流の魔法戦術がどんなものかを教えてあげたいところだけど……さすがに気が早いだろうか。

まぁ教えるにしてもサツキ経由にしたほうがいいだろうな。俺があまり近づくと良くないことが起きるかもしれないし。

「分かった。こちらからサツキに聞いておくよ」

「期待してるわ……それじゃ、ユウマ達の怪我《けが》の具合を見てくるから……」

「あぁ」

向こうでは治療《ちりょう》中の赤城君と、割れた眼鏡を手に持ち不機嫌《ふきげん》そうな顔をしている立木君が見える。二人はカヲルとピンクちゃんを守るために手を出さず何発も殴られたようだが、頭が下がる思いだ。感謝しかない。ダンエクと同じようにこちらの世界での彼らも仲間を思う心と勇気が健在だと分かったのは良い収穫《しゅうかく》といえる。これからも大事な幼馴染《おさななじみ》をどうかよろしく頼《たの》む。

（……俺もできることをしないとな）

今のEクラスのレベルでは八龍と大戦争なんてできるわけがないので、月嶋君と足利の決闘の結果がどうなろうと軟着陸《なんちゃくりく》を目指さなくてはならない。そのためには何ができるかをもう一度考えるとしよう。


　ホームルームが終わり、サツキとリサと俺の三人で校内にある並木道を歩く。新緑がまぶしく活力ある木々とは裏腹に俺達は浮かない顔で話している。

「月嶋君には自重してもらうように言ってみるけど～あんまり当てにしないでね？」

「すまないな。押し付けてしまって」

「ふふっ、これは私が適任だからね～気にしないで」

　リサには月嶋君の様子を探《さぐ》りつつ、自重を促《うなが》してもらうよう頼んだのだ。足利との決闘はもう中止にはできないだろうから、せめてプレイヤー知識を露見《ろけん》させず戦ってもらうしかない。問題はそれを素直《すなお》に聞き入れてくれるかどうかだが……さすがのリサも自信がなさそうだ。

　だけど月嶋君だって頭の悪い人間ではない。ちゃんとメリット、デメリットを伝えておけば賢《かしこ》く判断してくれる……と信じたい。

「私は赤城君達《たち》の練習を見てくるねっ。ソウタに教えてもらった魔法格闘術《まほうかくとう》を上手く伝えられたらいいんだけど……うーん……できるかな」

今朝にあんなことがあっても練習がしたいと言ってきた赤城君。本当に上昇志向の塊《かたまり》である。彼らにはこれから対人戦が頻発《ひんぱつ》するかもしれないので魔法戦というものを教えておきたい。

普通の近接戦闘は第四剣術部の先輩方《せんぱいがた》に教えてもらっているようだが、魔法戦となると教えられる人がいない模様。もっとも、魔法格闘戦は第一魔術《まじゅつ》部の部員ですら上手く教えられる人はいないだろう。この世界の魔術士とは味方に守られながらパーティーの最後方で大魔法をドーンと撃《う》つだけの戦い方しかしないからだ。

そんな戦い方しか知らなければモンスターに近づかれれば何もできなくなってしまうし、対人戦では単なるお荷物となる。なのでこちら流の魔法戦に慣れる前に、立ち位置を目まぐるしく変えて格闘しながら詠唱《えいしょう》する〝ダンエク流魔法格闘術〟に触《ふ》れさせておきたい。

サツキにはどんなスキル構成でどういった立ち回りが有利なのか、基礎《きそ》はすでに教えてある。今日はそれをレクチャーしてもらえたらと思う。元々気遣《きづか》いができて伝えるのも上手い彼女《かのじょ》なら俺よりも上手く教えられるかもしれない。

「さてと……俺もやるべきことをしに行くとするよ」

「ええ。ソウタも頑張ってね～」

「またねソウタっ！」

各自やることを確認《かくにん》して互いの健闘《けんとう》を祈《いの》り、笑顔《えがお》で別れる。この不味《まず》い状況を危惧《きぐ》し、何とか軌道《きどう》修正しようと思っているのは俺一人だけではない。そのことが本当に心強いぜ。


現在いる場所から人気のない北の方角へ足を進める。向かっているのは八龍と呼ばれる部活動の部室があるエリアだ。どこも権威《けんい》と財力を見せつけたいのか、広大な敷地《しきち》に豪奢《ごうしゃ》な建物を所有していらっしゃる。貴族とは舐められたら終わりな職業なのでそういったことには大盤振《おおばんぶ》る舞《ま》いするのだろう。Ｅクラスの先輩方が借りている第四剣術部のボロアパートと比べると歴然の差だ。

右手側に白い塀《へい》がずらーっと続いている。端末《たんまつ》の地図によればここは第一剣術部の部室がある場所のようだが……こりゃまるで大名屋敷《やしき》だな。

正面にある巨大《きょだい》な門は開かれており、２階建ての大きな屋敷と道場が垣間見《かいまみ》える。この辺りはマジックフィールドではないのだが、八龍の部室は申請《しんせい》すれば人工マジックフィールドの使用が許されることもあるので練習場を併設《へいせつ》しているところが多い。これも大きな特権の１つと言えよう。

さらに進むと塀の種類が白壁《しらかべ》から赤茶のレンガ調に変わる。ここが目的地のはずだが……塀の隙間《すきま》から見える建物と端末で調べた写真が同じなので間違いはない。

とてもじゃないが庶民《しょみん》では所有することなど叶わない豪奢な洋館。所々に植えられた草花は丁寧《ていねい》に管理されてはいるが、妙な迫力《はくりょく》も併《あわ》せ持っている。こんな場違《ばちが》いなところに飛び込《こ》むなんて心臓に悪いので逃《に》げたい気分に駆られるけど、怖気《おじけ》づいているだけでは何も解決しない。気合を入れて自らを奮い立たせるとしよう。

覚悟《かくご》を決めてのしのしと正門の前まで行くと、ふわふわした髪の女生徒が一人立っており、こちらを静かに見ていた。胸には貴族位を示す金バッジがつけられているではないか。失礼がないよう先に歩み寄って頭を下げると、柔和《にゅうわ》な笑みをもって出迎《でむか》えてくれる。

「ようこそいらっしゃいました、成海《なるみ》君。中で雲母《きらら》様がお待ちです」

第04章 ✦ 憂いと願い

「部長、お客様をお連れしました」

『入ってもらって』

古めかしい、だがよく磨《みが》かれた木製の階段を二度ほど登ったここは、シーフ研究部部室の最上階にある部長室。その部屋の前で案内役の女の子が声をかけると、ドアの向こうから高めで聞き取りやすい声が響《ひび》いてきた。キララちゃんだ。

「成海君。どうぞ、こちらへお入りください」

「……ご案内ありがとうございます」

俺に向かってやんわりとお辞儀《じぎ》をして笑顔を向ける貴族の女の子。屋敷の入り口からここまでの間、軽い世間話を交えて気を遣《つか》ってくれたりと思ってもみない丁寧な接客だった。

今まで貴族からは目線すら合わされず、ろくな扱いをされてこなかったから恐縮《きょうしゅく》してしまうじゃないか。

若干《じゃっかん》縮こまりながら入ると、中はモダンな造りの白い屋根裏部屋が広がっていた。部屋の上部には太い木材を組み合わせた梁《はり》が見えていてオシャレな空間を演出している。それほど広くはないが、天井《てんじょう》が高く、大きな出窓からは遠くまで景色が見渡《みわた》せて狭《せま》い感じはしない。

「失礼します……」

「いらっしゃい成海君。そちらの席にお座《すわ》りになって」

「邪魔《じゃま》している」

碧色《へきしょく》の髪《かみ》を靡《なび》かせて笑みをたたえたキララちゃんに上座に座るよう促される。そしてもう一人、生徒会長が相変わらず気難しそうな顔をして座っていた。以前に呼び出したときの話をするためだろうが、その前に一度謝罪しておこう。

「あのときは、クラスメイトも付いてきてしまって申し訳ありませんでした」

「気になさらずともいいですわ。わたくしたちがアポイントも無く勝手に呼び出したのですから。それにしても……随分と無鉄砲《むてっぽう》な方達でしたわね、相良《さがら》様に面と向かって陳情《ちんじょう》できる生徒がいるだなんて」

「ふふ。だが、見込《みこ》みはありそうな奴《やつ》らではあった」

見込みがある……か。サツキとリサは当然のことだが、立木君もダンエクでは赤城君に

だって負けないほどの潜在《せんざい》能力があるヒーローキャラだ。普段はクールなのにどんな逆境にもめげずに立ち向かう熱い側面を併《あわ》せ持つため、そのギャップから女性プレイヤーに根強い人気を誇《ほこ》っていた。生徒会長もそこまで見えているわけではないだろうが、意外と人を見る目はあるのかもしれない。

「どうぞ。我《や》が家が経営している農園の新茶です。部員にも香り高いと評判ですのよ」

キララちゃんが小さなカップに緑茶を入れて並べてくれる。ゆっくり話をしようとのことだろうが、貴族との接触《せっしょく》はリスクを伴《ともな》うので……というか心臓に悪いので手短に話を進めたい。

「ありがとうございます。それで……俺に話したいことがあると聞いていますが」

「ああ。だがその前に盗聴《とうちょう》対策をしておくとしよう」

木目の美しいローテーブルに置いてあった煌《きら》びやかな四角い箱。その上に生徒会長が軽く手を置くと放射状に薄い魔力《まりょく》が広がった。防音の魔道具を使うということは聞かれると不味い話なのだろう。わざわざ俺をこんな場所に呼び出すんだから分かっていたことだが。

「簡単な用件だ。成海、生徒会に興味はないか」

「……へっ？」

「成海君さえ良ければ、相良様が生徒会員の任命権を行使すると仰《おっしゃ》っていますのよ」

生徒会長には生徒会員を任命する権限があると言う。自身の生徒会長としての任期はもう僅かしかないが、生徒会員は任命されてから1年間の任期なので問題ないとのことだ。

（いや、問題しかないけどな）

何を言い出すのかと思えば生徒会だと？　そんなものに入るつもりなど全くない。それ以前に生徒会には成績優秀《ゆうしゅう》、かつ貴族だけしか入れないと聞いているが違《ちが》ったのだろうか。

「俺はEクラスで庶民ですよ」

「生徒会に入るのに爵位《しゃくい》など必要ない。今までの生徒会長が貴族しか任命しなかったので勘違《かんちが》いしている生徒が多いようだがな」

「わたくし達シーフ研究部も推薦《すいせん》に協力いたしますのでご安心なさって」

「……はぁ。一応理由を聞かせていただけますか？」

断ることは確定している。にしても何故生徒会なんぞに入れようと思ったのかを聞いておきたい。俺は普段から目立たないように静かな学生生活を送っているつもりだ。生徒会長に目を付けられるような理由があったのか。キララちゃんの前でも強さを見せたことはないはずだが……

「前に、工房《こうぼう》の前で私と向かい合ったときを覚えているか。そのときのお前からは底知れぬ強者の風格が感じられた。私と張り合える、もしくはそれ以上の生徒が1年Eクラスにいると知って強く興味をそそられていたのだ」

（工房か……そういえばそんなことがあったっけ）

俺のミスリル鉱石が工房の先輩《せんぱい》に詐欺《さぎ》られたときか。あのときは生徒会長――相良と向かい合ったというだけで、俺からは《オーラ》はもちろん、魔力も動かしたりはしなかったはず。それでも目を付けられていたというのは、実は相良もやり手だったということか。

対人戦では対峙《たいじ》している相手の立ち姿や重心の動きから、相手の特性、強さ、所持スキルなどを推《お》し量《はか》ることがある。《オーラ》の魔力量や《鑑定《かんてい》》を使わなければ相手の強さが分からないなんて戦闘経験の少ない者だけだ。

とはいえ、強いということだけが生徒会に推薦する理由ではなさそうだが。

「仮にですが、俺を生徒会員にしたとして何を望んでいるんですかね」

「私の悲願である学校改革、そのための楔《くさび》になって欲しいと思っていた」

「……学校改革ですか」

「わが校は貴族偏重《へんちょう》の弊害《へいがい》により、年々レベルが低くなってきている。お前のクラスの……立木といったか、が指摘《してき》していた通り何とも情けない話だ。私はそれを変えたくて生徒会長になったわけだが――」

立木君が相良に言ったことは全て真実であり悩みの種であった。現在の冒険者学校は旧貴族の圧力により理不尽《りふじん》なルールが敷《し》かれ、才能豊かなEクラスの生徒は芽が出る前に潰されている。必然的に冒険者大学へ進学する成績上位者は貴族だらけになるのだが、大学卒業後の貴族はダンジョンに全く潜《もぐ》らず後方支援《しえん》しかしないので国家の力にはなりえない。

外国との競争は熾烈《しれつ》だ。外交裏では工作員同士の武力を用いた駆け引きが頻繁《ひんぱん》に行われているし、酷いものになればたった数人のエージェントが尖兵《せんぺい》として暴れ、荒《あ》れ果てた国家さえある。そんな危《あや》うい世界情勢下で優秀な冒険者を輩出《はいしゅつ》できなければ日本は衰退《すいたい》するどころか崩壊《ほうかい》しかねない。

それを憂《うれ》い、相良明実《あきざね》は自由で公平な競争が行える学校にしたいと生徒会長に立候補したのだが――

実際に当選して動いてみれば、八龍《はちりゅう》は非協力的な部ばかりで睨《にら》み合いとなり、旧貴族側であった自分の家もEクラス救済の施策《しさく》にはことごとく介入《かいにゅう》してきて身動きが取れなくなったと苦渋《くじゅう》に満ちた表情で吐露《とろ》する。

(旧貴族か。ゲームでも主人公である赤城君やピンクちゃんと対立してたな)

昨今では冒険者上がりの新興貴族が大手を振るって勢力を拡大しているため、明治時代以前から続く旧貴族は危機感を抱き、これ以上庶民から有力貴族が生まれないようEクラス叩《たた》きに躍起《やっき》になっている、という背景がある。

相良家は旧貴族の中でも非常に保守的。最近では嫡子《ちゃくし》である相良明実の思想を危険視し、廃嫡《はいちゃく》も検討されているという。貴族の廃嫡は、ただ家を追い出され平民に落ちるというだけでは済まない。貴族に仇《あだ》なす者として日本社会から徹底的に排除《はいじょ》されるため、路頭に迷うまでがセットだ。何とも面倒《めんどう》な話である。

「貴族に連なる者であれば家の意向は絶対遵守《じゅんしゅ》。ゆえに相良様の改革は叶わなかったのですわ」

「それも言い訳だ。私は無能だったのだ……だが実力があり、家のしがらみのないお前が生徒会員になれば新しい風を吹《ふ》かせてくれるのではないかと縋《すが》りたくなったわけだ」

家や派閥《はばつ》に縛《しば》られないからこそできる改革がある。たとえ改革の意志がなくとも、庶民が生徒会に入れたという前例になるだけで冒険者学校としては大きな前進であり成果だと力説する。だがそう上手くいくものだろうか。

「庶民の俺なんかが生徒会に入ったら風当たりはさぞかしきつそうですね。嫉妬《しっと》の嵐《あらし》になるんじゃないですか。上位クラスに毎日絡《から》まれて大変そうですけど」

「それは大丈夫《だいじょうぶ》だ。冒険者学校の生徒会員は正当な理由があれば生徒に対しペナルティーを科す権限を持つ。貴族であろうと生徒会員に指図も手出しもできない。だからこそ、その権限はEクラスを守るための強力な盾《たて》にもなりえる」

生徒会員には停学、生徒会長ともなれば退学にすらも追い込める強力な権限がある。生徒会が八龍最強と言われているのもこの特権が最たる理由になっているようだ。恐ろしや。

だが、相良の言いたいことは分かる。そんな権限を持つ生徒会員をEクラスから選出できたなら、不当な攻撃《こうげき》をしてきた者に対し牽制《けんせい》する十分な抑止力《よくしりょく》となるだろう。下手をすれば八龍にさえ思いとどまらせるカードにもなりえる。それなら俺は――

（なおさら受けるわけにはいかないな）

俺だってクラスメイトの誰《だれ》かが殴《なぐ》られたり暴力に怯《おび》える姿を見たいわけではない。平穏《へいおん》な学校生活を過ごせれば良いなと常々思っている。だがそれよりも遥《はる》かに重視していることがある。ゲームストーリーを守ることだ。

この世界がゲームストーリー通りに進むならば赤城君達は今後、今までの比ではないほど困難で大掛《おおが》かりなイベントに巻き込まれることになる。近くにいるカヲルの葛藤《かっとう》だって今より大きくなることは間違いない。クラスメイトも何人かは追い込まれて退学になるし、教室は荒れに荒れてEクラスはボロボロになる。その状況《じょうきょう》をサツキが見たらさぞかし悲しむことだろう。

だが構わない。

そうなることはずっと前から想定済みで覚悟もしていたし、プレイヤーの武器である未来知識チートを手放す理由にはなりえない。もっとも、未来知識チートはゲームストーリーを守る理由の1つに過ぎない。

この窓から見られる新緑溢《あふ》れる穏《おだ》やかな景色。遠くには大きなビル街や多くの人達が行き交《か》う冒険者広場も見える。仮にゲームストーリーが徹底的《てっていてき》に破壊《はかい》されたなら、あれらは業火《ごうか》に焼かれ瓦礫《がれき》となり、その下にはいくつもの死体の山が築かれることになるだろう。その地獄《じごく》は伝播《でんぱ》し、この国は悍《おぞ》ましい地獄と化すかもしれない。それがゲームストーリー攻略に失敗したときの、最悪のバッドエンドだ。

その最悪の事態を止められるのは数多《あまた》のイベントとゲームストーリーを乗り越《こ》えて、人々や精霊《せいれい》、魔人《まじん》などあらゆる方面に愛され手を取り合える主人公だけ。プレイヤーではレベルを上げてゲーム知識を駆使《くし》したところで対応は不可能だろう。俺とリサが、赤城君とピンクちゃんの成長を促してゲームストーリーが壊《こわ》れないように動いているのもそれが理由だ。

ゆえに俺は、生徒会員となってゲームで起きていた暴力や粛清《しゅくせい》を止めるつもりなどないし、それどころかイベント発生に必要なら自ら率先《そっせん》して仕掛《しか》けることも辞さない。ゲームストーリーを守るというのはそういう意味であり、覚悟が必要なのだ。

ちなみに、俺《ブタオ》の退学はカヲルの、サツキの退学は立木君のサブイベントの一部に過ぎず、ゲームの核《かく》となるストーリーを崩《くず》すほどの影響《えいきょう》を与《あた》えるものではないので失敗しようが改変されようが問題ではない。仮に問題となったとしても、そのキャラの攻略が難しくなるだけである。

ここで言うゲームストーリーとは主人公達が上位クラス、八龍、ダンジョン内外の敵キャラを順序良く倒《たお》しつつ、最低限の数のヒロイン・ヒーロー攻略イベントを消化して仲間を増やし、イベントを連続発生させてグッドエンディングに到達《とうたつ》する道筋のことだ。

無論、そのゲームストーリーでさえも絶対的な優先事項《じこう》ではない。俺の命よりも大切な最優先事項、家族やカヲルのためなら躊躇《ちゅうちょ》なく破壊するつもりである。だが……それはおいておくとして、まずは生徒会員の誘いを丁重《ていちょう》に断っておくとしよう。相良の学校と国を思う気持ちは崇高《すうこう》なもの。決して無下にしていいものではない。

「確かに生徒会員になればEクラスのメリットは大きなものかもしれませんね。ですけど俺は目立たず平穏な学校生活を望んでいるんです。申し訳ないのですが……」

「……あぁ。話していてそんな感じはしていた。お前に重荷を背負わせる気はないので断っても構わない。ただ私は胸の内を誰かに話したかっただけなのだ」

生徒会員にならなくてもいい。Aクラスに上がり冒険者大学に行かずともいい。だが今後にEクラスとして入ってくる生徒のためにも、有名な冒険者となってくれないかと頭を下げて言ってくる。誰にも見られない閉鎖的《へいさてき》な場とはいえ庶民の俺に頭を下げるとは、相良の強い意志と願いが感じられる。まぁ俺は有名冒険者どころか世界最強になるつもりなのでそこは肯定《こうてい》しておこう。

にしても……相良も生徒会長として色々と悩んでいたんだな。生徒会の潤沢《じゅんたく》な資金と大貴族であることを背景に、肩《かた》で風を切るような学校生活を送っているものとばかり思っていた。キララちゃんも旧貴族側かと思いきやEクラス潰《つぶ》しを危惧して動いていたとはな……これは背後にいるくノ一レッド、御神遥《みかみはるか》の意向なのだろうか。

（でもその問題に限ってはそこまで悩む必要もないと思うけどね）

次期生徒会長はなんといってもあの希代の天才・世良桔梗《せらききょう》。ゲーム通りに進むなら〝大きな改革〟を行ってくれるだろうし、Eクラスにもチャンスが与えられ躍進《やくしん》する機会も増えてくるはず。それによる反発やトラブルも多く発生することになるが、学校改革についでは大船に乗ったつもりで彼女に任せておけばいいだろう。

話に一区切りがついたところでキララちゃんが新たなお茶を入れようと立ち上がる。片《かた》隅《すみ》に置いてある丸っぽい冷蔵庫を開けるとたくさんの容器が並んでおり、あれらは全て茶葉を入れて保存したものらしい。どれが飲みたいかリクエストを聞いてくるけど、茶の種類なんて分からないので相良と同じものを頼んでおくとしよう。

（さて。どうやって話を切り出すか……）

元々俺は相良の話を聞きに来たわけではなく、月嶋《つきしま》君と足利の決闘《けっとう》を軟着陸させるべく力を借りに来たのだ。先ほど生徒会員の話を断っておいてこちらの頼みを聞いてもらうというのは虫が良すぎるかもしれないが、背に腹は代えられない。

核心《かくしん》を話すわけにはいかない。それでも危機意識を持って動いてもらうよう誘導《ゆうどう》しなくてはならない。結構無茶《むちゃ》な要求になるかもしれないが、やるしかないな。

第05章 ✦ 致命的で不可避な攻撃

「どうぞ、相良様。成海君。熱いのでお気をつけて」

大きな出窓から明るい西日が降り注ぐシーフ研究部の部長室。雲母《キララ》ちゃんが香《こう》ばしいほうじ茶が入ったカップを静かに並べてくれる。俺が今まで飲んでいたものとは随分と香りの強さが違うけど、こういったもののほうが高級なんだろうか。

「そういえば成海。お前からも話があると聞いているが」

眼鏡の向こうから幾分和《いくぶんやわ》らいだ視線を俺に向けてくる現・生徒会長の相良明実《さがらあきざね》。最初はプライドが高く気難しい厄介《やっかい》貴族のように思えたが、話してみれば庶民を差別することはなく、学校や国を憂い行動する好感の持てる青年だった。

そんな人物なら俺の頼みも真摯《しんし》に聞いてくれるのではないかと、つい期待をしてしまう。

「……はい。今朝剣術部と揉《も》め事《ごと》があり、ご相談したいことが」

「もしかして第一剣術部からの招待状のことかしら。Eクラスの生徒と決闘をすると連絡《れんらく》がきておりますけど」

そう言ってキララちゃんもゆっくりと対面のソファーに腰《こし》を下ろし、熱々の茶が入ったカップを手に取る。やはり全部の八龍に知らせていたか。足利は大々的に衆目を集め、その前で痛めつけてやると宣言していたしな。

ならば話は早い。できればその決闘自体を無かったことにして欲《ほ》しい、と率直《そっちょく》に言ってみたものの、それはできないとキララちゃんが小さく首を振って否定する。

「第一剣術部から正式な手続きが踏《ふ》まれましたので今さら無しにはできませんわ。でも、お相手の生徒も了承《りょうしょう》したと聞いておりますけど」

「残念だが私でも止めることはできない。しかし公式の決闘であるからには命までは取られないので安心しろ」

冒険者学校では正規のルールに則《のっと》った場合のみ、決闘が認められている。不殺であることや【プリースト】の先生を待機させること、会場に闘技場《とうぎじょう》を使うことなどが前提だ。以前に赤城君と刈谷《かりや》が戦ったときも名目上は公式の決闘だったので、これらのルールが適用されていた。

学校が決闘を許可しているのは、生徒に対人戦の経験を積ませつつ戦闘《せんとう》意識を高める狙《ねら》いがあってのことらしいが、実際そうなっているかと言えば実に疑わしい。というのも、ゲームでは弱い者いじめを正々堂々と行う手段として使われていたからだ。今回の決闘も見せしめとして決闘システムを利用されたことは明白。

俺《おれ》としてはこの決闘で月嶋君が素直にやられるならそれでいいと思っている。あれだけ大暴れした上に貴族集団である第一剣術部と足利を挑発《ちょうはつ》した彼《かれ》にも責任の一端《いったん》はあるわけで、自己責任の範疇《はんちゅう》と言えるからだ。不殺ルールで【プリースト】の先生も付いていることだし、痛みは勉強代として我慢《がまん》してもらいたい。

だけど恐《おそ》らく、そうはならないだろう。

「足利さんはやられますよ。それも一方的に」

「……なにっ」

「どういうことですの？　それほどまでにレベルが高いということかしら」

相良とキララちゃんの目が驚《おどろ》きにより大きく開かれる。急いで腕端末《うでたんまつ》で月嶋君のデータを呼び出して閲覧《えつらん》するが、そこでまた首をかしげることになる。

「1年Eクラス、月嶋拓弥《たくや》……【ニュービー】、レベル4。成海の言う通りなら、このデータは信用できないということか」

「ですけど、足利様だけならともかく第一剣術部まで纏《まと》めて相手にするとなれば……現実的ではないほどにレベルが必要となってしまいますわ。それこそ大規模攻略クランの幹部と同等くらいに」

「月嶋君のレベルは、足利さんとそう変わらないと思います」

第一剣術部・副部長である足利のレベルはデータベース上では〝21〟と表示されている。もしその足利を余裕《よゆう》をもって倒すならレベル25程度、さらに第一剣術部全員を相手にするならレベル30近く必要になってしまう。

では月嶋君がそこまでレベルを上げられているかといえば、そうは思えない。

召喚《しょうかん》モンスターを呼び出し、ソロで突《つ》っ込ませてレベル上げしていると仮定すると、そんなことが通用するのはせいぜいレベル20前後まで。それはゲーム知識のある冒険者《ぼうけんしゃ》でも変わらない。複数人なら〝ミミズ狩《が》り〟や〝モグラ叩き〟など美味《おい》しい狩場《かりば》はあるが、ソロでは戦闘が長引きやすい上に事故率も高く、効率が著《いちじる》しく悪くなる。俺やリサが知っている知識を元に考えるなら、そこに例外はない。

なので月嶋君の推定レベルは高くても20前後と考えていいだろう。にもかかわらず足利や第一剣術部に勝利できる確信があるというのなら、レベル以外の理由が必ずあることになる。

例えば、最上級ジョブのスキル。どれも強大な効果を有しており、大幅《おおはば》に戦闘能力を引き上げられるプレイヤーの特権だ。俺もそれらのスキルをなりふり構わず使用すれば、第一剣術部の部員全員が相手でも壊滅《かいめつ》させることは可能だろう。同様に月嶋君もゲーム時代のプレイヤースキルを使って本気で戦うなら勝てる可能性は十分にあると言える。

一方で、最上級ジョブのスキル使用はレベル20程度の体には負担が大きすぎるため、相手の出方次第《しだい》では体力やMPが枯渇《こかつ》し敗北することだってありえる。それ以前に大勢が見ている前でプレイヤースキルを多用すれば情報流出が深刻だし弱点も露見しかねず、対策を打たれて身を滅《ほろ》ぼしかねない。

それらを総合的に鑑《かんが》みれば、ゲーム時代のプレイヤースキル使用を前提にゴリ押《お》す作戦なら、考えが甘《あま》いと言わざるを得ない。月嶋君がその程度の男なら俺も楽で良いのだが……やろうとしているのはこういったベクトルのものではない気がする。何だか胸騒《むなさわ》ぎがするのだ。

「月嶋の勝つ根拠《こんきょ》がレベル差でないというのなら、戦闘経験……いや、隠匿《いんとく》スキルの使用か？」

「お言葉ですが、隠匿スキルを使用したとしても、あの足利様が〝一方的にやられる〟ものでしょうか」

足利の剣術の腕《うで》はこの冒険者学校でも屈指《くっし》。次期八龍候補というのも伊達《だて》ではなく、レベル差がないのならそう簡単にやられるものではないとキララちゃんが言う。普通《ふつう》に考えればそうだろう。

だが俺達《おれたち》プレイヤーは、対処法を知らなければ致命的で不可避な攻撃が存在することを知っている。

例えば即死《そくし》魔法《まほう》。時間操作。精神操作。これらの系統に属するスキルは耐性《たいせい》や対策アイテムがなければ一瞬《いっしゅん》で勝負を決定づけられてしまう超危険《ちょうきけん》なものだ。即死《そくし》は言わずもがな、時間を止められれば無防備状態で認知《にんち》できない攻撃を受けてしまうし、魅了《みりょう》や思考誘導など精神に介入されれば体を乗っ取られたりMPがいきなり0になってしまう。

これらのスキルはダンエクの上級プレイヤーなら誰しもが対策していたので大して怖《こわ》いスキルではなかった。だけどこの世界においては1つも報告されておらず、扱《あつか》える人間どころか対処できる人間もほとんどいないと思われる。

仮に月嶋君がこれらのスキルを使用したなら――さすがに即死魔法は使わないと思うが――自身の強さや情報を隠《かく》したままでも、第一剣術部を壊滅させることくらいわけがなくなってしまう。その圧倒《あっとう》する姿を見せつければ他の八龍の脳裏《のうり》に強い恐怖《きょうふ》として刻まれ、屈服《くっぷく》させることも可能かもしれない。当然そうなれば、ゲームストーリーは成り立たなくなって崩壊してしまう。

俺はゲームストーリーを脅《おびや》かす月嶋君が不思議で仕方がない。以前の決闘でも刈谷に赤城君対策を教えて足を引っ張っていたけど、ゲームストーリーの崩壊が怖くないのだろうか。数多のバッドエンドや大惨事《だいさんじ》は自力で乗り切れると思っていそうだが、その後の収拾《しゅうしゅう》はどうつけるつもりなのか。それ以前に未来知識チートという大きな武器を捨ててまで何を得ようとしているのか。

まぁ、とはいえだ。それらのスキル使用は最悪のパターンに過ぎない。こんな非人道的なものを本当に使うのかは甚《はなは》だ疑問だし、使ったところで八龍はそう簡単に屈《くっ》しなどしないだろう。もっともその場合、Ｅクラスは本格的に八龍と争うルートに入ってしまうわけだが……

「なるほど。成海の様子を見る限り、月嶋は相当な切り札を持っているということだけは分かった」

「俺も月嶋君の能力を知っているわけではないので推測なんですけどね……でも、混乱が起きることは確かです。決闘を無しにできないなら見物人を絞《しぼ》るとか決闘内容を他言無用にするなどの追加措置《そち》は必要です」

「……それほどのことか」

「八龍の一角が崩れるとなると……困りましたわね」

恒例《こうれい》のＥクラスいじめと思って眉《まゆ》をひそめる程度でいたら学校の秩序《ちつじょ》が変わりかねない

状況が差し迫《せま》っていると知り、互《たが》いの顔を見合わせて思案する。

庶民が強者として一方的に貴族を叩きのめすということは、権威とプライドの上に成り立つ貴族制に罅《ひび》を入れかねない。相良とキララちゃんはEクラスが成り上がれる環境《かんきょう》を作りたいとは思っていても、貴族制の放棄《ほうき》など露《つゆ》ほども思っていないはず。貴族なら、そこに危機感を抱《だ》くというのは理解できる。

だが俺としては、隠匿情報や機密情報の流出のほうに危機意識を持ってもらいたい。それらの情報が世に漏《も》れ出てしまえばヤバい組織を呼び寄せる危険性を孕《はら》んでおり、下手をすればこの決闘を見た全員が狙われるかもしれない。その辺りの対策は俺にはできないので相良に動いてもらうしかないのだ。

二人は考えを纏《まと》めているのか、しばしの沈黙《ちんもく》となる。今回の決闘はトラブルのもとにしかならないということをまず共有したかったので、最低条件はクリアできたといったところだろうか。

「ところでこの……月嶋という男は何者なのか。聞いてもいいか」

相良が腕端末の画面から目を上げて聞いてくる。それほどの男がただの生徒であるわけがなく、どこかの組織の危険人物ではないかと疑っているのだ。

「会長が心配するような何かの組織や他国のエージェントではありません。この国を害しようとも思っていないはずです」

「組織の人間ではないのにそれほどの実力を……もしかして成海君のようなものかしら」

「まぁ……そんな感じ、ですかね」

色々と鋭《するど》いキララちゃん。だがその辺りを詳《くわ》しく問い詰《つ》めてこないのはありがたい。月嶋君は俺と同じプレイヤーだ、なんて言えるわけないし言ったところで意味がない。

「分かった。難しいと思うが超法規的措置《ちょうほうきてきそち》として観戦者にできるだけの制限をかけてみよう。足利が直に招待状を送った八龍や世良の観戦は阻止《そし》できないだろうが、その他の生徒については原則禁止にすべきだろうな」

情報漏洩《ろうえい》する可能性を減らすためにも人数制限に動いてくれるのは助かる。たとえ漏洩しても常に護衛に囲まれている八龍や世良さんなら並大抵《なみたいてい》のクランでも撥《は》ね返せる武力を持っているので容易には手は出せないはずだ。

「状況が状況だけにわたくしも掛《か》け合ってみますわ。成海君はどうなさいますの？」

「俺は例外として決闘の見学を許してください。もしものときには——止めに入るつもりなので」

「止める……か。了承した。そのときはよろしく頼《たの》む」

月嶋君がどこまでやる気なのかは分からないが、仮に暴走して酷《ひど》い状況になりそうなら俺が間に入って止めることも考えておかなくてはならない。八龍といえどプレイヤーの使ってくるスキルに対応するのは難しいだろうしな。

またゲームストーリーが破壊される場合も想定して動くべきだろう。その場合、校内関連イベントを中心に、十数人いる攻略《こうりゃく》キャラの成長・恋愛《れんあい》イベントの大部分が起こらなくなり、逆に主人公が抑《おさ》えるはずだった大災害《カタストロフィ》や破壊イベントは野放しとなるため加速する。俺にできることなんて限られているので優先順位が高く、かつ実行可能なイベントがあれば早めに推し進《すす》めておきたい。

決闘までは1週間の猶予《ゆうよ》がある。近くアーサーがイベントを開くみたいだし、それを利用して彼女の誘《さそ》い出しに動いてみるか。頼みたいこともあるしな。今まではメイドやら立場やら障害が多すぎてろくに接触できなかったけど、これをどう突破《とっぱ》して囲《かこ》い込んでいくか頭の痛い問題だ。

第06章 ✦ 笑顔の打ち合わせ

眼下には、ところ狭しと巨大な工作機械が置かれており、その機械の合間を縫《ぬ》うように数十人の職人達《たち》が動き回り金属音と火花を飛ばしている。

「どぉーですかっ！　我ら天摩《てんま》商会が誇る〝DUX《ダックス》〟の心臓部はっ！」

鼻息を荒《あら》くし、こちらに向かって大きめの胸を張る黒崎《くろさき》さん。今日も黒いワンピースに大きなフリル付きの白いエプロンをかけ、ばっちりとメイド姿を決めている。彼女はこうみえても天摩家の武闘派執事《ぶとうはしつじ》・ブラックバトラーを束ねる長であり一流冒険者でもある。

『ウチの会社は冒険者向けにいろんな商品開発をやっているんだけどねー。その中でも一番売りにしてるのが、ここの工房で作っている〝DUX《ダックス》〟っていうブランド武具なの。トップクランや高位冒険者もウチの商品を使ってたりするんだよー？』

顎《あご》の下の部分をパカリと開けて、綺麗《きれい》な模様が入ったティーカップに口を付けながら丁寧に工房の説明をしてくれる天摩さん。今日もフルプレートアーマーは曇《くも》り一つないほどピカピカに磨かれており、周囲の照明の光を乱反射させている。

ということで俺は今、天摩さんの家が経営している天摩商会に来ている。

冒険者学校から車で30分ほど走ったところにいくつも工房やビルが連なって建っているエリアがあるのだが、その一帯全部が天摩商会の関連施設《しせつ》だ。社員も数万人に上り、冒険者向け武具を手掛《てが》けている国内企業《きぎょう》の中では最大手。世界でも指折りのメーカーである。

うちの店『雑貨ショップ　ナルミ』も天摩商会のＤＵＸブランドを客寄せのために置こうかと検討したことがあったのだが、安い物でも１００万円以上するので売れない場合のリスクが高く、泣く泣く諦《あきら》めた過去がある。このクラスの武具を置けるのは冒険者ギルドビルにある一流ショップか、いくつもの攻略クランを顧客《こきゃく》にしている一部の大手ショップくらいなもの。いつかうちの店が大きくなったら置いてみたいと思っている憧《あこが》れのブランド武具なのだ。

「でも……あの製作工程にはミスリルを使っているように見える……マジックフィールド外でも問題ないの？」

「当然です。我ら天摩商会は国から特別に人工マジックフィールドの使用許可を頂いていますので。そこらの武具メーカーとは信用も実績も格も違うのですっ！」

茶菓子《ちゃがし》を齧《かじ》りながらボソボソとした声で質問したのは、猫耳《ねこみみ》フードを被《かぶ》った久我さんだ。

昨日、天摩さんからお茶会をしたいとの招待メールが届いたのだが、俺としても相談したいことがあったので飛びつくように快諾《かいだく》の返事をした。そして今日、時刻通りに待ち合わせ場所に行ったところ、同じく招待メールをもらったという久我さんもいて驚いたことを思い出す。クラス対抗戦《たいこうせん》のときの二人は犬猿《けんえん》の仲に見えたけど、実は仲が良いのだろうか。

その久我さんが言っている質問。ミスリルはダンジョン内においては水に浮《う》くほど軽いが、マジックフィールド外においては銀と性質が変わらなくなる特殊《とくしゅ》な金属だ。重さや硬《こう》度《ど》、延性など全てが大きく変化してしまう。ほんの少しでも魔力が漂《ただよ》っているダンジョン数㎞以内ならともかく、魔力の全く無い場所でミスリル関連武具を作っていたら武具に思わぬ歪《ゆが》みがでてしまうのではないのかと聞いているのだ。

しかし黒崎さんによれば眼下に見える製造現場では国から許可をもらった人工マジックフィールド発生装置が使われているので問題ないとのこと。人工マジックフィールドは安全性や治安を考慮《こうりょ》して国に厳しく取り締《し》まられているが、天摩商会は今までの研究成果や武具製造で多大な功績を残し、男爵位《だんしゃくい》までもらったほど信用があるため使用が許されている。これほど大規模にダンジョン産素材を使った武具の製造ができる工房は、日本でここだけだと言う。

ちなみに天摩さんの鎧《よろい》もここで作られたものらしい。純度１００％の超軽量《ちょうけいりょう》ミスリルと天摩家の持つ技術を惜《お》しみなく使って組み上げられた特注品なのだそうだ。なるほど、道理であんな鏡のように光っていたわけか。

「天摩家の偉大《いだい》さが少しは理解できましたか？　そして、お嬢様《じょうさま》はゆくゆくこの天摩商会の全てを継《つ》ぎ、数万もの人の上に立つ特別なお方なのですっ！」

反り返るように胸を張り、俺に指差してくるメイド。最先端の機械が並べられた工房に、数多の熟練技術者達と、時価総額が数十兆円という企業価値。その全てを継ぐとなれば途《と》方《ほう》もなく凄《すご》いというのは分かるけど、黒崎さんは何故《なぜ》俺《おれ》に向かって言うのだろうか。

『それでねー。今日、お茶会に二人を……成海クンと琴音ちゃんを誘った理由なんだけどねー……その……』

「お嬢様っ、頑張《がんば》ってください！」

フルプレートアーマーを擦《こす》り合わせるようにもじもじとする天摩さんに、黒崎さんが小さく拳《こぶし》を握《にぎ》って頑張れコールしている。いつも明るく軽快な動きばかり見てきたので何だか凄く新鮮《しんせん》である。言いづらいようなことなのか、などと思いつつも久我さんを『琴音《ことね》ちゃん』と呼んだことが気になってしまう。

『えーと。ウチとその……一緒《いっしょ》にパーティーを組まない？』

「パーティー？」

「……」

パーティーとは狩り仲間になろうという意味だろうか。しかし天摩さんはいつも強力な執事部隊《ブラックバトラー》を引き連れて効率の良い狩りをしているというのに、どういうことなのか。

『いやね、ウチのレベル上げって安全な局面で思いっきり叩くだけっていう感じのが多いんだけど……あのとき3人で戦ってたときの、必死になって倒した高揚《こうよう》感や達成感が忘れられなくってね。あと秋の試験でも役割《ロール》を重視した〝チーム対抗戦〟があるでしょ？　だから今のうちに練習したいなーって……どうかな？』

早口で捲《まく》し立てるように理由を並べる天摩さん。そういえば秋にはチーム対抗戦があったっけか。クラス対抗戦のように単一種目に参加するとかではなく、魔石《ませき》やモンスター討《とう》伐《ばつ》など複数のクエスト形式の課題を複数人で熟《こな》していく試験だ。

チーム対抗戦の採点はクラスごとではなくチームごとにされるので、パーティーメンバーはどのクラスの人と組んでも良い。とはいえ、レベル差や派閥関係、別クラスへの敵対心などもあるので同じクラスメイトと組むのが一般的《いっぱんてき》である。チーム対抗戦はそういったことを考慮しつつ、自分の不得意分野をカバーしたいのか、能力特化型にするのか、もしくは純粋《じゅんすい》に強い人を狙って組むのかを考えて組まねばならない試験だ。パーティー作りは奥《おく》が深いのである。

上位クラスではチーム対抗戦を見越《みこ》して今のうちから固定パーティーを作ってダンジョンダイブしている人達も多いという。うちのクラスでも磨島《まじま》君や赤城君あたりはチーム戦を意識して固定の精鋭《せいえい》メンバーで潜り、立ち回りや連携確認《れんけいかくにん》の練習を重ねているはずだ。

隣《となり》にいる久我さんはどう考えているのかなと見ていると、軽く頷《うなず》いて天摩さんの誘いをあっさりと受け入れる。

「……私は賛成。レベル上げはもう一人では厳しいし、それに……美味しいもの食べられそうだし……」

「今晩は新鮮な魚介《ぎょかい》をメインとした地中海料理をご用意しております。ドリンクはいつものブラッドオレンジジュースでよろしいでしょうか」

「……それで……いい」

これまで何度も食事に招待され、たらふく美味しいものを食べさせてもらっていたと言う久我さん。一見無表情だが、今晩も豪華《ごうか》ディナーを食べられると聞いてうきうきしているように見える。すっかり黒崎さんに餌付《えづ》けされていらっしゃる。

一方で『遠慮《えんりょ》しないで食べていってねー』と機嫌《きげん》良く言う天摩さんからも、久我さんをかなり評価していることが見受けられる。レッサーデーモン戦では背中を預けて戦った仲だし、実力を認めているだけではなく信頼《しんらい》関係や絆《きずな》のようなものも生まれているのかもしれない。

（まぁ久我さんは最強格のヒロインだしね）

無愛想《ぶあいそう》でだらしないように見えても、プレイヤーを除けば冒険者学校の生徒の中では一番強く、イベント消化次第ではもう一段化けるというとんでもないヒロインである。多少へんてこな性格であっても味方につけておくべき人物だというのは間違《まちが》いない。そういう意味では天摩さんももう一段化けるイベントを残しているわけではあるが——

（この誘いは俺にとっても渡《わた》りに船だ）

アーサーからは『天摩さんを誘え』との催促《さいそく》メールが毎日のように届いていたし、久我さんからもダンジョンダイブしたいとの圧力が日々高まってきていた。リサともすでに相談済みで互いに協力できることはしたいと申し出も受けている。俺の中では久我さんと天摩さんを誘って狩りをすることは決定事項であったわけだが……問題は、どうやって誘おうか悩《なや》んでいたのだ。

目の前でコロコロと笑っているフルプレートメイルの女の子は、超巨大企業《ちょうきょだいきぎょう》の一人娘《ひとりむすめ》であり超上流《ちょうじょうりゅう》階級の男爵令嬢《だんしゃくれいじょう》。学校ではいつも執事共に厳重に守られていて近づけないし、俺からのメールや電話は全て執事がチェックしているようで、完全シャットアウトされていた。

そんな鉄壁《てっぺき》ガードを無理に突破して接触《せっしょく》しようものなら、執事どころか黒崎さんと本気《ガチ》バトルになりかねない。この見た目だけは清楚《せいそ》で美人なメイドさんはとんでもない能力と実力の持ち主なので、敵認定《にんてい》されたらたまったものではない。だからこうして天摩さんの方から誘ってくれたことは渡りに船だったと言える。

「俺で良ければだけど、もちろんＯＫだよ」

『ほ、本当⁉　ありがとー成海クン！　三人ならどこにでもいけそうだねー！』

「お嬢様っ、私を入れて四人でございますっ！」

『黒崎がいたらチーム連携《れんけい》の練習にならないでしょー！』

黒崎さんは自分を含《ふく》めた四人で組むものと思ってパーティー結成計画を支持したそうだけど、天摩さんとしては学校の試験を見据《みす》えて生徒だけで組むと言い張ったため、わいのわいのと言い合いが始まってしまった。その辺りの話し合いは事前にしっかりやってもらいたかったのだけど。

しばし押し問答《もんどう》が続いたものの、結局は主人である天摩さんが押し通す形となる。黒崎さんはジトーッとした目を向けながら「私のいない間にお嬢様に指一本でも触《ふ》れたらぶち殺す」などと俺だけに聞こえるように呟《つぶや》いているがスルーさせてもらおう。パーティーを組むことが無事に決まったなら俺も切り出さないといけない話がいくつかあるのだ。

「天摩さん。久我さん。二人に預かっているものがあるんだけど、ここで出していいかな」

『え？　いいよー。でも預かっているって……マジックバッグ？　わっ、凄い量！』

「……これは……武具？」

足元に置いていた巾着《きんちゃく》をよっこらせと持ち上げる。これは容量だけでなく重量も大きく減らすことができるマジックバッグ（改）。マジックフィールド外でもこのバッグの効果は続くようだが、あまり長いこと放置していると中身が爆発《ばくはつ》して飛び出してくるので要注意だ。

その巾着を地面に向けて逆さまにすると、朽《く》ちかけていたり凹《へこ》んだりした武具がガチャガチャと山のように出てくる。総重量は軽く1トンくらいはあるだろうか。眉を寄せた黒崎さんが近寄って手に取って調べる。

「これは……ただの屑鉄《くずてつ》ではありませんね。僅《わず》かに魔力《まりょく》を感じますのでミスリル合金製でしょうか。これで調べてみましょう」

黒崎さんが後ろにある棚《たな》から天摩商会と書かれた棒状の機械を取り出して宛《あ》てがう。魔力や比重、光の反射率からミスリルの含有量《がんゆうりょう》を調べる魔導具のようだ。こんなものがそこらに置いてあるとはさすがは天摩商会。

「武具としては寿命《じゅみょう》を超《こ》えているものばかりですけど、ミスリルの含有量はどれも０・１

％を超えており良質なミスリル合金と言えそうです。これだけの量があれば純ミスリルの剣《けん》を2～3本くらい作れるかもしれませんが……これらをいったいどこで？」

魔人の制約を解除するために、アーサーは蜘蛛《くも》の体で延々と〝アレ〟集めをしている。その際に大量のミスリル合金製武具が手に入るのだが、アーサーの衣服や防具は純ミスリルよりもさらにグレードが高いものなのですでにミスリルは必要ない。そこでクラス対抗戦で暴れたお詫《わ》びに、もとい、お近づきの印に天摩さんと久我さんにプレゼントしたいと渡されたものなのだ。

「これは俺の友人から迷惑《めいわく》をかけた詫びとして受け取って欲しいと言われてたんですよ。頭に巻き角を生やした魔人を覚えてるかな。アーサーって名前なんだけど」

「……あのちんちくりん……覚えている。とても興味がある」

『すっごい強かったよねー。ウチも思わず漏れ……何でもない』

20階での出来事を二人共ちゃんと覚えていたようで何より。あのときは俺も大暴れしてしまったから責任の一端はあるのかもしれないけども。

「それともう1つ。これも受け取って欲しいんだけど」

「……手紙……招待状？」

胸元《むなもと》から白い封筒《ふうとう》を取り出して手渡《てわた》すと、何だろうと首を傾《かし》げながら受け取る二人。中身を見てさらに首を傾げる。

『んー？　「ドキドキッ！　第一回〝アレ〟集め大会！」って書いてあるのかなー……うーん。アレって何だろう』

「文末に『優勝者には豪華賞品プレゼント、参加賞もあるよ』とも書かれている……とても気になる……」

　これはアーサーが開催《かいさい》する〝アレ〟集め大会の招待状。景品はアーサーの自宅がある38階層周辺で取れるドロップアイテムらしい。この世界では30階層以降のアイテムはオークションですら全く流通しておらず、相場など存在しない。どんなものを賞品としているのかは分からないが貴重なアイテムとなるのは確かだろう。

　というか、二人共。こんなミミズが這《は》ったような汚《きたな》い字をよく読めたな。

「そんな怪《あや》しげなものに大切なお嬢様をお連れさせるわけには――」

『楽しそう！　ウチ、絶対参加する！　成海クンも参加するんでしょー？』

「もちろん。俺の友達も参加予定だよ」

「お、お嬢様っ！　悪い男に騙《だま》されているやもしれませんっ！」

　俺をギロリと睨《にら》んで低い声で参加拒絶《きょぜつ》の言葉を放とうとする黒崎さんだが、天摩さんが元気よく立ち上がり参加の意志を表明してしまったせいで、あわあわとたじろいでいる。

元々はアーサーのために一肌脱《ひとはだぬ》いでやろうとサツキ、リサ、俺の三人だけでアレ集めする予定だったのだが、天摩さんを誘えない俺に痺《しび》れを切らしたアーサーが「絶対に二人を誘って来い」と言って豪華景品を付け、イベント化したものだ。

しかしこういったイベントなら天摩さんの興味を引いて呼びやすくなるし、今後も開催できればアレ集めも加速するかもしれない。一石二鳥の作戦である。

「……でもこのイベント会場……ダンジョン〝15階〟と書いてある。開催は明日みたいだけど、今からでは間に合わない」

『あっ、ほんとだ！　走っていけばどうにかならないかなー？』

「お嬢様っ、それではトレインができてしまいますっ！」

肉体強化にまかせてメインストリートを全力で走っていけば一日で15階到達もできなくはないが、そんなことをすれば後ろに巨大《きょだい》モンスタートレインがいくつもできあがり、明日は新聞の一面を飾《かざ》ることになってしまう。ならばどうするかだが、これには対策があるので何の問題もない。

「明日は俺が現地まで案内するから大丈夫《だいじょうぶ》だよ。待ち合わせ場所は冒険者ギルド広場でいいかな」

「……特別な手段でもあるの？　……気になる」

『黒崎、明日の準備お願いね。鎧は1着でいいかなー。あ、もっと可愛《かわい》いのがあったよね』
「お、お嬢様っ！　もう少し慎重《しんちょう》にご検討をっ！」

これで二人の攻略イベントに向けて最初の一歩を踏み出すことができる。天摩さんの近くにいられるなら解呪イベントを後押《あとお》しできるだろうし、久我さんとの親密度を上げていけば今後起きるであろう破壊的《はかいてき》イベントに進まないように誘導することができるかもしれない。

現時点では二人とも難を抱《かか》えているため十分に力を発揮できていないけど、制約から解き放たれ自由となればプレイヤーにも匹敵《ひってき》するヒロインへ成長することだって可能。問題は、攻略イベントを進める準備が全くできていないということだ。

本来ならレベルやイベント進行の都合上、もっと後に動こうと考えていた案件であった。強力なモンスターや国家組織を相手取る必要があり、普通にやれば周囲に被害《ひがい》がでてしまうので入念な準備が必要となるし、その上ゲームと違《ちが》って全てが一発勝負。失敗は即《そく》バッドエンドとなるので許されない。もっと多くのイベントを熟《こな》してレベルを上げ、確実性を高めておきたかったというのが本音だ。

（それでも。ゲームストーリーが不安定になる前に――）

隣では久我さんが茶菓子を高速で口に運んでリスのように頬《ほお》を膨《ふく》らませており、テーブルの向かいでは天摩さんがどんな鎧を着ていこうかと楽しげに笑っている。そんな姿を見ていると、何としてでも二人をハッピーエンド軌道《きどう》に乗せてあげたいという思いが強くなる。

胸の奥底《おくそこ》でじわりと広がる焦燥《しょうそう》感を隠しつつ、俺は笑顔《えがお》で明日の打ち合わせへと入るのであった。

第07章 ✦ 第一回〝アレ〟集め大会

「ドキドキッ！　第一回〝アレ〟集め大会～！　はっじまっるよーっ！」

「わぁー（パチパチパチ）」

「ようこそ～！　今日はお互い頑張ろうねっ！」

古びた木箱の上でアーサーが胸を張りながらイベント名を宣言し、華乃《かの》とサツキが天摩さん達に向けて拍手《はくしゅ》をしながら歓迎《かんげい》の言葉を投げかける。リサも小さく手を合わせながらにこやかに見ているが――

「こっ、ここはどこなのですっ！　さっきの魔法《まほう》は一体⁉」

『どう見ても……ここから見える景色はダンジョン1階ではないよねー。本当にあっという間だったけどー』

「……この魔力濃度《まりょくのうど》……15階と同じ」

メイド姿の黒崎さんが長い黒髪《くろかみ》をふりふりしながら慌《あわ》てふためき、鎧姿の天摩さんは興味深そうに周囲をキョロキョロと見ており、猫耳フードの久我さんは腕端末に表示されている数値を凝視《ぎょうし》して呟いている。

「15階といえば真っ赤な夕日の光が降り注ぐ、一面オレンジ色のMAPです。こんな……嵐《あらし》の直前のような薄暗《うすぐら》い空模様ではありません」

「……でも端末《たんまつ》の魔力計は15階と全く同じ数値を示している。本当に飛んできたと見るべき」

『あっ、ほら。遠くに見えるあのモンスター、あれアンデッドだよねー。ということはやっぱりそうなのかも』

MAP構造や魔力濃度、ポップしているモンスターなどの全てが、先ほどまでいた場所と違うことには気付いている。だけど非常識な方法でいきなり連れてこられたため理解に時間がかかっている、と言ったところか。

どうやって連れてきたかというと、具体的な話は少し前の出来事までさかのぼる。


——10分ほど前——

「それで。ダンジョン1階の……こんな人気のない所まで連れてきて一体何を考えているのですか？　ま、まさかっ。我らに不埒《ふらち》なことをする気ではっ。そうは問屋が――」

『もー落ち着きなってば黒崎。ウチは別に1階で遊ぶだけでも楽しいし全然気にしないからねー？　それにしても友達と一緒に遊ぶなんていつぶりかなー♪　ふんふんふん♪』

「……」

俺のすぐ後ろを鼻息の荒いメイド、陽気なフルプレートメイル、そして無口な猫耳フードが三者三様に歩いている。

冒険者ギルド前広場で待ち合わせて一緒にダンジョンに入ったはいいものの、黒崎さんが「どこに連れて行くのだ」と不審者《ふしんしゃ》を見るかのような視線を突き刺《さ》してくる。本当は久我さんと天摩さん、俺の三人だけで行く予定だったのだけど、どうしても黒崎さんがついて行くと言い張ったため四人で現地まで向かうことになったのだ。

（まだ信用がないのに主人を連れて行こうとするのだから、割《わ》り込《こ》んでくるのも当然と言えるけどね）

天摩さんを何よりも大事に思っているのは知っている。だけど今後イベントを進める上で黒崎さんの協力も絶対に欲《ほ》しいので、なるべく早いうちに俺と組むメリットを提示し心証を良くしておきたいところだが。

そんな俺達が向かっているのは、ダンジョン1階の誰《だれ》もいない場所。そこから特別な手段で一気に移動すると説明したのだけど、わけの分からないことを言うなと黒崎さんはすっかり不信感を募《つの》らせてしまっている。こればっかりは説明するよりも実際に体験したほうが早いだろう。

しばらく歩いていると、あれだけいた冒険者の姿が全く見えなくなる。足音や話し声も響《ひび》いてこないので付近にもいないことが分かる。この辺りなら誰にも見られる心配はなさそうだ。

「それじゃここで止まってください。ちょっと連絡《れんらく》します」

「腕端末《うでたんまつ》……それでどうするの」

先ほどから久我さんが俺《おれ》の一挙手一投足を観察して隠された情報を暴《あば》こうとしているけど、特別なことなんてするつもりはない。ただ電話をかけるだけだ。腕端末の住所録から〝ア行〟のページを開いて目的の名前をタップする。

「(トゥルル……トゥルル……ガチャ) あーもしもしアーサー、着いたぞー」

『ちゃんと連れてきたのかー？　そこでいいんだな？』

「大丈夫だ。出してくれ」

端末画面の向こうでは、どアップのアーサーがこちらを覗《のぞ》き込んでいた。天摩さんと久我さんを本当に連れてきたのか画面越《ご》しに確認《かくにん》しているのだろう。手短に用件だけを伝えてすぐに電話を切る。

「……何を話してたの。今画面に映ってたのは例のちびっ子のようだけど」

「この場に《ゲート》を出してくれと電話していたんだよ」

『《ゲート》って、ここに来るまでに成海クンが話してた〝転移魔法〟だよね？』

「眉唾《まゆつば》なっ。そんな便利なものがあったら誰も苦労なんて――あっ！」

耳を澄《す》ませて今のやり取りを聞いていた三人はあれこれと話し始めたものの、俺の真横に小さな白い光が出現したことでピタッと会話が止まる。その光は瞬《また》く間《ま》に大きくなり、ドアほどまで拡大すると紫紺《しこん》の光を放って輝《かがや》き始めた。周囲の薄暗い通路や岩肌《いわはだ》も同色の光に染め上げられる。

これはアーサーによって作られた《ゲート》。本来は自分で特定の場所に魔力マーカーを打ち込んで、そのマーカーと自分のいる場所を繋《つな》げるだけの空間魔法なのだが、アーサーは魔《ま》人《じん》特有の魔力サーチを使って〝俺〟という魔力マーカーを探《さぐ》り、直接空間を繋げるという荒業《あらわざ》が可能なのだ。

クラス対抗戦でアーサーが初めて現れたとき、レッサーデーモンを魔力マーカーにして転移してきたと言っていたので、もしやこの方法は使えるんじゃないかと実験してみたら

――何とできてしまったわけだ。もっとも、アーサーは蜘蛛《アラクネ》の体でないとこちらに来られない制約があるが。

（今のところゲート部屋は知られたくないからな。この方法が使えてよかったぜ）

アーサーに頼《たよ》らなくてもゲート部屋を使えば15階に行くことはできるが、信頼関係が十分に構築できていない今の段階では口止めの効果が薄《うす》い。３人が俺のことを本当の意味で仲間と……いや、せめて信頼しても良いと考えてくれるまではアーサーの力を借りるつもりだ。

「これが……颯太《そうた》の言ってた……？」

「この光に入れば一瞬で15階まで転移できるんだけど、１分程度で消えちゃうから急いで入ろう」

「そ、そんな怪しいものに大事なお嬢様を――お嬢様⁉」

『いっくよー！　えいっ』

よく磨《みが》かれたフルプレートメイルが紫紺の光を乱反射させて真っ先に飛び込んでいき、それを見た黒崎さんもロングスカートを翻《ひるがえ》して慌てて飛び込んでいく。久我さんは俺をチラリと見て一瞬何か考えるものの、すぐに続いて入ってくれた。

「さてと……上手《うま》く行くといいけど」

すでに向こうにはサッキ達もいる。顔は互いに見知っているはずだけど、一緒に狩《か》りをするのは今日が初めて。これから様々な問題を解決するために手を取り合っていきたい大切な仲間達だ。

仲良くできればいいなと願いながら、俺も紫紺の光へと飛び込んでいった——

——といった流れで今に至るわけだが、転移魔法の存在を知った衝撃《しょうげき》は思ったよりも大きかったようだ。

冒険者《ぼうけんしゃ》はレベルを上げるほどに深いところまで潜《もぐ》る必要があるので、狩場《かりば》に到着《とうちゃく》するまでの時間も増大していくことになる。この中で一番レベルが高い黒崎さんは言わずもがな、レベル20を超えている天摩さんや久我さんも本格的にレベルを上げられる機会なんて年数回程度しかなく、多大な苦労をしてきたはずだ。それゆえにこの魔法の可能性を考えれば衝撃が大きくなる他ないのだ。

唖然《あぜん》としているそんな彼女《かのじょ》らを歓迎するかのように次々にアーサー、サツキ、リサ、華乃が歩み寄り、次々に声をかけていく。

「晶《あきら》ちゃーん、来てくれてありがとぉ〜〜ボクね、ずっとずっと待ってたんだよ〜〜」

「あのっ、初めまして。1年Eクラスの大宮皐《さつき》と申しますっ」

「同じクラスの利沙《りさ》でーす。今日は頑張ろうね〜。久我さんもよろしくね〜」

「華乃でーっす！　すごーいピカピカの鎧……もしかしてこれって純ミスリル？」

『よろしく……って、ええっ？　琴音ちゃんの他にもEクラスがこんなにいるんだ。Eクラスって一体……』

「……」

この15階にEクラスの生徒が何人もいることに——華乃はまだ中学生だけども——両手を広げて大げさに驚《おどろ》くポーズを取る天摩さん。そんな微笑《ほほえ》ましい姿を見ているとスッと黒崎さんが近寄ってきて耳打ちするように話しかけてくる。

「（おいっ、小僧《こぞう》。あの角の生えた子供が先ほどの転移魔法とやらを使ったのか？）」

「ええ。俺と彼《かれ》のいるところを繋げるだけですけどね」

「（それでも凄いことだぞっ。ここにいる者以外にまだ誰にも言っていないだろうな）」

「あと知っているのはうちの家族くらいですね」

そう言うと何かを考えるように黙《だま》り込む黒崎さん。転移ができれば天摩さんのレベルが上げやすくなるだけでなく、高レベルの嫡女が輩出《はいしゅつ》できるとなれば貴族としての格も上がるため、天摩家としての恩恵《おんけい》も大きくなる。俺達《おれたち》と組むということは多大なメリットと可能性が秘《ひ》められていると納得《なっとく》していただけただろうか。まぁ今日はレベル上げではなく、単なる個人イベントをやる予定なんだけどね。

華乃《かの》達《たち》も一通り挨拶《あいさつ》が終わったようで、アーサーが再び木箱の上にぴょんと飛び乗って意気《いき》揚々《ようよう》と声を上げる。

「それじゃーイベントルールを説明……の前に～、まずはこれに注目っ！」

上半身をくるりと捩《ね》じって仰々《ぎょうぎょう》しい動きでアーサーが指差したのは、太さは20㎝、長さは3mほどの丸太。あれが今回の〝参加賞〟のようだ。

『丸太？　ちょっと青みがかってるけど普通《ふつう》の丸太だよねー。何に使えるのかなー』

「鎧のお姉さんっ、ただの丸太じゃないんだって。あれで作った武具はね――」

華乃が盛《さか》んに天摩さんに話しかけている。一見すると人懐《ひとなつ》っこい笑《え》みに見えるが、瞳《ひとみ》に〝¥〟マークが浮かんでいるのを俺は見逃《みのが》さない。昨晩に天摩商会の一人娘を招待すると言ったら「あの天摩商会のっ⁉　私も行くっ！　そして絶対に、絶対に仲良くなってみせるっ！」と意気込《いきご》んでいたのを思い出す。華乃は天摩商会の武具をうちの店に置きたいらしく、どうにかコネを作ろうと必死なのだ。

『ええっ⁉　これで矢を作るとフロストエンチャントが付くのー？　鑑定魔導具《かんていまどうぐ》で見ても

いいかな』

「もっちろん。今日来てくれたみんなには1本ずつプレゼントしちゃうよ！」

「アーサー君、太っ腹～♪」

リサに良い子良い子されてまんざらでもない顔をするアーサー。その裏ではメイドが、がま口バッグから計測器のようなものを取り出して色々な角度から丸太に押《お》し当てており、久我さんもしゃがみながらツンツンと指で突《つ》いたりして興味を示している。

「お嬢様。《簡易鑑定《かんてい》》の魔導具が正常に動きません。故障というよりは、この丸太のアイテム格が高すぎるためと思われます」

『《簡易鑑定》が通じないとなると、モンスターレベル30以上のドロップ品ということになるねー』

「触《さわ》るとひんやりしている……フロストエンチャントは真実だと考えてもいい」

「それで驚いちゃ駄目《だめ》だよ。優勝賞品は何とっ！　じゃっじゃーん！」

アーサーが手に持って掲《かか》げたのは、頭ほどの大きさの水色の縞《しま》が幾重《いくえ》にも入った鉱石。あれは……40階層より手前ではボスのドロップ品でしか手に入らないというのに、よく取って来られたな。華乃達はあの優勝賞品が何であるかを知っていたようで、絶対勝ち取るぞと気炎《きえん》を揚《あ》げている。

「……それは、何」

「これはね、ボクが苦労して手に入れたオリハルコン鉱石だよ！　大変だった……」

『オリハルコン鉱石？　それもダンジョン素材なのかなー』

「お嬢様、聞いたことがあります……さる国で国宝になっているという――」

黒崎さんによれば、中央アジアのとある冒険者大国ではオリハルコンという金属でできた［封魔《ふうま》の盾《たて》］なる至宝があるそうだ。なんでも、あらゆる魔法を完全無効化させる能力を備えており、その価値は小国の国家予算にも匹敵するとかなんとか。

（その言い伝えも信憑性《しんぴょうせい》はどうなのか）

確かにオリハルコンは魔力を吸収する特性があるので、大抵《たいてい》の魔《ま》法攻撃《ほうこうげき》を減衰《げんすい》、または無効化させることも可能だ。俺もゲーム時代は対魔法戦を行う上で重宝したことはあった。しかし、特殊魔法《とくしゅまほう》や一定以上の強さの魔法は吸収できないので無敵になれるわけではない。

［封魔の盾］とやらの話には、かなりの誇張《こちょう》が入って伝わっていると思われる。

「……私は写真を見たことがあるけど……その鉱石みたいに濃《こ》い水色ではなく、もっと淡《あわ》い青色だった」

「それならその盾はオリハルコン合金製だね。この鉱石も純オリハルコン武具を賄《まかな》えるほどの量はないから、作るときはチタンと合金してね」

『チタン？　その水色の金属はチタンと合金ができるんだ⁉　詳《くわ》しい加工法を聞いてもいいかなー？』

「もっちろんだよ、晶ちゃん！」

見知らぬ合金の作製方法に興味津々《きょうみしんしん》な天摩さん。隣にはおすまし顔の黒崎さんがしっかりとメモを持って控《ひか》えている。

ミスリルと銀、鉄《てつ》を混ぜて高性能なミスリル合金ができるように、オリハルコンはチタンと混ぜ合わせると魔法吸収特性や剛性《ごうせい》をほとんど劣化《れっか》させないまま合金が作成可能となる。加工には3000度を超える高い熱量と膨大《ぼうだい》な魔力が必要なので、精錬《せいれん》や武具作成にかかるコストはミスリル合金と比べて桁違《けたちが》いとなるものの、性能面を考えれば投資する価値は十分にあると言える。だけど——

（すでにオリハルコン合金を使った武具が存在していたとは）

ダンエクにおいてオリハルコン合金製武具はレベル40からの冒険者にメジャーな装備であったが、鉱石の取得難度も相応のレベルが必要だった。にもかかわらず、この世界ではすでに存在し、製造方法まで確立していたというのは気になるな。一部の国では日本よりもダンジョン探索《たんさく》や研究が進んでいるというのは知っていたけど、実際にどれくらいの差があるのか……気が向いたら調べてみるか。

アーサーは一通り合金の作り方を伝え終わると、気を良くして再び木箱の上に飛び乗る。

「ルールは簡単。30分の制限時間内にこの［怨毒《えんどく》の臓腑《ぞうふ》］を一番多く取ったチームが優勝だーっ！　あ、ちなみにコレね」

右手で摘《つ》まみ上げているのは何かの臓器のような肉塊《にっかい》。時折脈動しているのでグロさ満点だ。これは［怨毒の臓腑］というクエストアイテムで、亡者《もうじゃ》の宴《うたげ》のエリア内にポップするアンデッドを倒《たお》すと低確率で手に入れることができる。12個集めるとボスモンスターであるブラッディ・バロンを呼び出すことも可能だ。

また今回は二人組のチームが3つ作られ競争することになっている。〝モグラ叩《たた》き〟が初めての久我さんと天摩さんには、俺と華乃がそれぞれ組むことになり、サツキとリサにはレベル差のハンデとしてブーストハンマーの使用が許可されている。

「本番ではモンスターを10倍の速さでポップさせるアイテムを使いまーす。これも取るの大変だったんだけどね。モンスターが大量に湧《わ》き出てくるから危ないと思ったらエリアから出ることー。それじゃ各チーム10分間の作戦会議ターイム！」

アーサーは一通りルールを喋《しゃべ》り終えると、黒崎さんからそっと差し出されたお茶を一気に飲み干す。カップを返却《へんきゃく》しながら「やっぱりメイドさんは慎《つつ》ましやかでお淑《しと》やかな美人じゃないとね」と満面の笑みを浮かべているが……なるほど。今の黒崎さんしか知らなければ、ゲームと同じような完璧《かんぺき》メイドと勘違《かんちが》いしてしまうのも無理はない。面白《おもしろ》そうだから黙っておくとしよう。

さて、チームごとにそれぞれ集まって作戦会議の時間だ。

俺としてもあのオリハルコン鉱石は欲しいので勝ちに行きたいところであるが、この場は天摩さんと久我さんのためにアーサーが開催した親睦《しんぼく》イベント。彼女達《かのじょたち》に楽しんでもらうために動くべきか悩ましいところだ。

「国宝に使われる素材だなんて、すごーい！　絶対に勝ちましょうねっ、お姉さまっ！　どんな手を使ってでもっ！」

『どんな手を？　ず、随分《ずいぶん》とやる気なんだねー。でもウチもあの賞品は欲しいし頑張ろうねー』

すぐ隣では華乃が同じチームである天摩さんにぐいぐいと詰《つ》め寄って話しかけていた。昨晩に「天摩さんを上手くもてなせ」との指令を言い渡してあるのだけど、そんなことはもう忘れたとでもいうような欲望に塗《まみ》れた目をしている。少し心配ではあるが天摩さんが勝つ分には全く問題ないので上手くサポートに回ってくれるよう祈《いの》るしかない。

少し離《はな》れたところではリサが亡者の宴《イベント会場》を指差しながら小声でサッキと話している。会話内容は聞こえないので分からないが、あの二人はどんなときでも空気を読んで行動してくれるし心配はないだろう。

俺も作戦を話し合うべくチームメイトである久我さんを探すために振《ふ》り向く――と、すぐ目の前に顔があって驚いてしまう。いったい何だ。

「颯太……大事な相談があるの。聞いて」

手を組んで目を潤《うる》ませながら話を聞いてと言う久我さん。まばたきをすると艶《つや》のある褐《かっ》色《しょく》の頬に一筋の涙《なみだ》が零《こぼ》れ落ちる。ダンエクヒロインならではの可愛さと、しおらしい仕草が掛《か》け合わさって破壊力抜群《はかいりょくばつぐん》……と、言えるかもしれないが絶対に演技だし、ろくなことを考えていなそうなので警戒心《けいかいしん》のほうが勝ってしまう。その証拠《しょうこ》にポケットから目薬が見え隠《かく》れしているではないか。あっ、俺の視線に気付いてさりげなく隠したぞ。

最近の久我さんは何か狙《ねら》いがあるときにこういった揺《ゆ》さぶりをしてくることがある。今はまだすぐにバレる程度の演技力なのでまだ危険度は低いが、少しずつ上達してきているのは困ったものだ。

第08章 ✦ 勝利は戦う前から決まっている

「颯太……大事な相談があるの。聞いて」

いつも無愛想で可愛げの欠片《かけら》も見せない久我さんが、ヒロインらしい切なげな表情で懇《こん》願《がん》してくる。だけどそれは演技だということはもうバレているし、何ならその相談というのも想像がついている。

「どうせあのオリハルコン鉱石が欲しいとかいう相談でしょ」

「……そう。でもどうしても欲しいの。あれを取ってくれるなら……チューしてあ・げ・る」

「……」

……チューだと？　ダンエクヒロインの一人にご褒美《ほうび》のチューだなんて、ダンエクプレイヤーなら血涙《けつるい》を流して喜ぶところ……なのだけど、肝心《かんじん》の「あ・げ・る」という大事な部分で真顔に戻《もど》ってしまっていた。そのセリフを言うときこそ恥《は》じらいを入れるべきではなかろうか。

まだまだハニートラップスキル技術には詰めが甘《あま》かったり拙《つたな》さはあるが、徐々《じょじょ》に上達している気配も感じられる。このままではいつか成海颯太城は陥落《かんらく》し全面降伏《全てを吐き出して》しまいかねないので、そうならないためにも早めに色仕掛《いろじか》けは無駄《むだ》だと諭《さと》しておきたい。

「もちろん頑張《がんば》るつもりはあるけど、勝てたとしても戦利品の山分けを要求する。それと……チューよりも俺を仲間と思って少しは信用して欲しいところだね」

「……そう。分かった。それで、勝つ算段はあるの？」

「なくはないかな」

それでは早速《さっそく》、作戦会議だ。


チーム分けは俺と久我さん、華乃と天摩さん、リサとサツキの3チームで争うことになっている。そのうちリサ達は今回の目的が〝接待〟ということは知っているので、引き立て役となってあの鉱石を譲《ゆず》ってくれるものと期待してもいいだろう。

もっとも、争奪戦《そうだつせん》になったとしても〝プレイヤースキルは使わない〟という暗黙《あんもく》の了解《りょうかい》がある。ブーストハンマーだけで俺達とのレベル差を覆《くつがえ》すのは難しいはずだ。そういう意味でもリサ達は鉱石を争うライバルとして除外の方向で考えても差支《さしつか》えない。

（問題はあの二人だな……）

向こうには華乃が天摩さんに「お姉さまっ」と言って、ぐいぐいと話しかけている姿が見える。俺としては天摩さんと久我さんのどちらが勝ってもいいのだが、今回はせっかくだし久我さんに譲ってもらうとしようかね。

「このイベントは、アンデッドを倒して「怨毒《えんどく》の臟腑」を一番多く集めたチームが勝利ってことだけど、たくさん倒せばいいだけという安易な作戦では駄目なんだ。何故《なぜ》なら――」

「〝モンスターリポッパー〟……あのちんちくりんがモンスターのポップ速度を10倍にすると言っていたけど、本当なの？」

「あぁ。イベント会場はきっととんでもないことになる。だから正面から正攻法《せいこうほう》で倒していくよりも、逃《に》げながら倒す作戦が効果的になるんだ」

モンスターリポッパーはアーサーでもギリギリ取ってこられるほどの高難度アイテムで、取得方法も特殊《とくしゅ》かつ面倒《めんどう》。久我さんやその背後にいるボスでも知らないのは無理もない。

そんな貴重なアイテムであるが通常はポップ速度を倍にする程度の効果しかない。しかし亡者の宴のような特殊地形で使うと10倍を超えるバグ的なポップ速度になるのだ。

当然そうなればモグラ叩きなんて悠長《ゆうちょう》なことはしていられなくなるし、かといって馬鹿正直に正面から倒していくには数が多すぎる。そこで逃げながら倒すという〝トレイン作戦〟が有効となるわけだ。

「囮《トレイン》役がまとめて引き連れて、アタッカーが後ろから処理していく。俺達はどちらも速度上昇《じょうしょう》スキルを使えるから、うってつけな作戦だろ？」

「……なるほど。《アクセラレータ》の効果は5分でリキャスト※も同じ5分……囮役はスキルの効果時間に合わせて交代していくというわけね」

俺と久我さんには《アクセラレータ》があるのでこういった状況《じょうきょう》下でも問題なく戦える術を持っているが、リサ達はもちろん、速度を出すのが苦手な天摩さんでは厳しいだろう。唯一《ゆいいつ》、華乃だけはついてこられるだろうが一人では俺達二人に対抗《たいこう》できまい。

「つまるところ、今回のイベントは戦う前から俺達の勝利が決まってるってことだ」

「……そう。それならあの鉱石で何を作るか、今から考えておくことにする」

久我さんの視線の先には、水色縞模様《しまもよう》が煌《きら》めくオリハルコン鉱石が優勝賞品として置かれている。あれくらいの大きさならオリハルコン合金製武具をいくつか作れることだろう。

このイベントでは強力な回復ポーションが山ほど用意されているし、もしものときはアーサーが素早《すばや》く救護することになっている。安全性は高く、参加するだけでも賞品を貰《もら》えるので気楽にいけばいいのだが……どうせならあの優勝賞品もゲットした上で久我さんの好感度もゲットできることに越したことはない。

どんな武具を作ろうか。デザインはどのようにしようかと想像しながら誰にも見られな

TIPS **リキャスト**：単語の意味としては「再詠唱」であるが、通常は「リキャストタイム」の略として用いられ、スキルが再度使えるようになるまでの時間のことを意味する

いよう、こっそりと口元を吊《つ》り上げる俺達であった。

ズッドォ――ン！！！

リサがブーストハンマーを大きく振りかぶり、スケルトンナイトを盾ごと圧殺する。その際に衝撃波《しょうげきは》と砂利《じゃり》が放射状に吹《ふ》き荒《あ》れ、２mほどのクレーターが出来上がった。

すぐ後ろでもサツキが次々にハンマーを振り下ろして、同様のクレーターをいくつも作り出している。アンデッド共が呻《うめ》き声に似た雄叫《おたけ》びを上げて群がるように襲《おそ》い掛かってくるものの、リサとサツキの見事な連携《れんけい》により、みるみるうちに数を減らされていく。

『圧倒的殲滅《あっとうてきせんめつ》力っ！　利沙《りさ》ちゃんと皐《さつき》ちゃんの猛攻《もうこう》に、誰も近づけなーい！』

『……あの。ブーストハンマーとは一体何なのでしょうか。振りかぶる速度に比べて威力《いりょく》が明らかにおかしいのですが……』

『あれはね、魔力《まりょく》を込めながら振るうと爆発《ばくはつ》して加速支援《しえん》してくれるハンマーなんだよ。物好きな魔人がいてさ、そいつが――』

簡易的な天幕の下でマイクを持って実況《じっきょう》・解説しているアーサーと黒崎さん。あの二人以外は全員がイベント参加者だというのに、誰に向かって解説しているのだろうか。それ以前に、この15階でもアーサーが魔人の姿のままでいられるようになったのも謎《なぞ》である。しばらく蜘蛛《アラクネ》の姿で魔力を垂れ流していたからそうなったのか全くの不明であるが、どうやらこのDLCエリア一帯だけは、あの姿でいられる特別な仕様らしい。

にしてもだ。

「あれじゃモンスターのヘイトが取れないな。無理に近づいても巻き込まれるだけだし、俺達も一度距離《きょり》を取って作戦を考え直そう」

「……同意する。でも、あんな武器はさすがに想定外」

トレインをしようにも周囲にポップするアンデッドを根こそぎ取られてしまっている。かといって無理に近づいてヘイトを奪《うば》おうとしても吹き荒れる衝撃波でこちらが傷だらけになってしまう。まさか初手から俺達の作戦を潰《つぶ》しに動いて来るとはな……やってくれるじゃないか。

アーサーにより〝モンスターリポッパー〟が使用されるとイベント会場である亡者の宴にキラキラとした光が降り注ぎ、それがイベント開始の合図となった。

効果はすぐに表れた。地面から何十体ものアンデッドの手が突き出てきて、予想通りあっという間にどこぞのゾンビ映画のような地獄《じごく》絵図となる。今も続々と地面を突き破《やぶ》って這《は》い出てきているので、もう間もなく100体を超《こ》えてくるだろう。

格下モンスターとはいえ、あれだけの数がポップしてしまえば容易には近づけまい。しめしめ——などと笑いを堪《こら》えつつ速度バフをかけていると、何とリサが一人で突撃《とつげき》してしまったのだ。

アンデッドの大群の中に単身で飛び込むと、暴れ狂《くる》うようにハンマーを振るって十体ほど吹き飛ばす。その度胸と戦闘技術《せんとうぎじゅつ》には舌を巻くしかない。

しかしだ。いくらリサとてあれほどの数が相手では数分も持たない——と思いきや、その直後にサツキが後方に入ってカバーに動く。互《たが》いに背中を預けるように構えながら、剣《けん》や鈍器《どんき》を持つ無数のアンデッド共と熾烈《しれつ》な乱戦が始まってしまった。

普段《ふだん》のサツキは短剣《たんけん》と杖《つえ》を使って中距離《ちゅうきょり》で戦うスタイルを取っていたというのに、ブーストハンマーという扱《あつか》いが難しい大型特殊武器を器用に振り回し、果敢《かかん》にも乱打戦を仕掛《しか》けている。しかも、ただ振り回すのではなく武器の加速支援と衝撃波を計算に入れ、相棒であるリサの死角を潰すような立ち回りまで見せている。

『おさげ髪《かみ》の子は体重が軽そうなので、あのような重量武器は適していると思いませんでしたが……見事な武器捌《さば》きですね』

『多少持っていかれてる部分はあるけど、足腰《あしこし》の動きはできているし付け焼き刃《ば》感はないね。意外と適性があるのかもしれないよ？』

黒崎さんがサッキの動きを見て称賛《しょうさん》し、アーサーは適性があると推測しているが……あれはリサが普段からブーストハンマーの使い方を指導していたと見るべきだろう。ゲームのときもクランメンバーを鍛《きた》えて異様な軍団を作り上げていたけど、まさかサツキを【黒騎士《きし》】に育て上げるつもりじゃなかろうな。

すぐ近くでは天摩さんと華乃が合間を縫《ぬ》って近づこうとするものの、ブーストハンマーによる衝撃波と砂利が吹き荒れているため二の足を踏《ふ》んでいる。

「攻撃《こうげき》はナシだけど～妨害《ぼうがい》は駄目って言われてないよね～？」

「ごめんねっ。でもオリハルコン鉱石はっ、私達がいただくよっ！」

妨害は無しと言われていないのならルール範囲内《はんいない》だと強引《ごういん》な理由を並べ、不敵な笑みを浮《う》かべるリサ。新しい武具が欲しいのでごめんねとは言うものの、賞品はいただくと自信を見せるサツキ。二人は頻繁《ひんぱん》にポジションを入れ替《か》えてギアをさらに一段上げ、巨大《きょだい》なハンマーを爆発させるように連続で振り回す。

『完璧な連携っ！　完っ璧な戦略っ！　これは決まったかーっ⁉』

『あの衝撃波にはアンデッドの動きを鈍化《どんか》させるという効果もあるようですね。あのまま終了《しゅうりょう》時間まで倒し続けられるなら彼女達の勝利は揺るがないでしょう』

黒崎さんが指摘《してき》するように、アンデッド共は全方位から攻撃を仕掛けているものの、衝撃波と砂利をもろに喰《く》らって動きが大きく鈍《にぶ》っている。そのため処理する速度にも余裕《よゆう》が生まれているのだ。

俺達の作戦を潰すだけでなく、あれだけの数に囲まれていても対処できる戦術があったとは。ダンエクではブーストハンマーをそこまで使っていなかったから気付かなかった。というか、天摩さんと久我さんを接待するという話をいとも簡単に放り投げやがったな。

(でもあれだけの乱戦だ。そう長くは持たないと思うけど……どうなんだ?)

リサは迫《せま》りくるアンデッドを恐《おそ》ろしい速度で正確に処理し続けている。サツキもそのハイレベルな戦闘《せんとう》に付いていっているのは驚きだが、中にはウェポンスキルを発動しようとした個体までいるため、バランスを崩《くず》しそうになったりと危なっかしい場面も見られる。数えきれないほど乱戦の経験があるリサはともかく、負荷《ふか》の高い戦いに慣れていないサツキには荷が重いのではないか。

這い出てきたアンデッドを倒しながらそんなことを考えていると――

「……颯太。あそこにちょっとだけアンデッドを追加したら……どうなる?」

猫耳《ねこみみ》フードが音もなく近寄ってきて真顔で悪魔《あくま》のささやきをしてくる。早めにおこぼれを預かるか足を引っ張りたいところだけど、あれでは近づくことすら叶《かな》わない。ならば少しだけアンデッドを追加しバランスを崩してやろうではないか、との提案だ。

サツキを見る限りではやや不安定なところはあれど、リサが驚くべき立ち回りでカバーしており、獅子奮迅《ししふんじん》の戦いを続けている。制限時間はもう半分を過ぎ、このまま30分間乗り切ってしまうことも十分に考えられるため、指をくわえて見ているだけではオリハルコン鉱石は飛んで逃げてしまうぞと訴《うった》えてくる。

さらにリサの方を指差して付け加える。

「あの足元に散らばっている［怨毒の臓腑］、少し向こうに行ってもらえれば、あれらは拾いたい放題となる……ルール違反《いはん》ではないし、やるべき」

「……参加者への直接攻撃やアイテムの強奪《ごうだつ》はルール違反だけど、アンデッドをけしかけたり落ちているアイテムを拾うというのは、確かに禁止されていないな」

リサ達は迫りくるアンデッドの対処に精一杯《せいいっぱい》で、いくつも［怨毒の臓腑］がドロップしているのに拾えないままでいる。あれらは落ちているだけなので貰っても問題ないと、これまた強引な理論を展開する久我さん。

だけどここでオリハルコン鉱石を手に入れられたなら、めちゃくちゃ上昇《じょうしょう》しにくい久我さんの好感度を上げられるし、イベントを進める上でも大きな足掛《あしが》かりとなるかもしれない。大義のためならリサ達も分かってくれると信じ、善は急げとばかりに付近にポップしているアンデッドのヘイト集めに走る。

多すぎたらサツキが危ないし、少なすぎてもすぐに処理されてしまう。足を引っ張る程度、十体くらいがちょうどいいだろうか。

それでは……へへっ。いざ、リサ達のもとへ。

第09章 ✦ 成海颯太の戦略

「グァッ！　ヴゥッ‼」

「うおっと。活《い》きが良いのを釣《つ》れたぜ」

ゾンビのくせにやけに素早く動くコープスウォーリアの手斧《ておの》を躱《かわ》し、後ろには頭を蹴《け》り飛ばしても首から下だけで追いかけてくるスケルトンナイトを数体引き連れて合流ポイントに向かう。ちょうど向こうからも久我さんが数体引き連れて走ってきた。

『――んぉ？　災悪と……琴音《ことね》ちゃんがアンデッドを連れて走っている……けど、まさかーっ！　これはあくどーい！　だけど効果的っ！』

『あの男なら、かような戦術を思いつくことくらい造作もないでしょう。無理やり悪事に加担させられたフードの女の子には同情を禁じ得ません。ですが元をただせば――』

純粋無垢《じゅんすいむく》な天摩さんを甘言《かんげん》を使って誑《たぶら》かし、天摩商会ごと手に入れようと画策している、などと俺の悪逆非道っぷり――もちろんデマ情報――を身を乗り出して力説し始めたメイド。だが今はスルーだ。

軽快な動きでアンデッドを叩き飛ばしていたリサは、アンデッドを引き連れてきた俺達を見るとギョッとした表情となり、柳眉《りゅうび》を吊り上げる。

「こ、こら～っ！　そんなことしちゃ駄目でしょ～！」

「リサっ、これ以上はっ。厳しいかもっ」

十数体ほど追加されたことによりサツキの負担が急激に大きくなる。それでも獅子奮迅にハンマーを振るい、ある程度をカバーしてしまうリサは流石《さすが》であるが、俺達が追加できるのはこれで終わりではない。そう悟《さと》ったリサは即座《そくざ》に殿《しんがり》となって退避《たいひ》行動に移行し始めた。相変わらず判断も早い。

すまないな。これもイベントを成功させるため――もとい、オリハルコン鉱石のためだ。

リサ達が大量のアンデッドを引き連れて後退したあとには、臓器のような肉塊が100個近く落ちていた。あれらは全て［怨毒の臓腑］。全部拾いきれたなら優勝の可能性がぐっと高くなるはずだ。久我さんと共に喜び勇んで踏み出そうとすると、向こうからも同じように猛《もう》ダッシュしてくる二人組がいた。天摩さんと華乃《かの》だ。

まぁ、落ちているのなら拾いに来るわな――だけど。速度なら俺達の方に分があるんだよっ！

「させるかぁぁっ！　加速だ、久我さんっ！　《アクセラレータ》！」

「速度では負けない……《アクセラレータ》！」

道中にポップしているコープスウォーリアをすれ違《ちが》いざまに斬《き》り捨てながら、速度バフを発動。足元に移動力を高める風がまとわりつくと、一歩踏み込《こ》むたびにぐんぐんと加速していく。お先にいただくぜぇ！

「お姉さまっ！　頼《たの》みますっ！」

『いっくよー！　大地よっ！　まるっと丸々砕《くだ》けちゃえー！　《大地割り》‼』

「――なっ……にぃぃ、うおぁっ⁉」

天摩さんが走りながらジャンプし、高く掲げた巨大斧《きょだいおの》を地面に向けて垂直に叩き付ける。

まずい――そう思った直後に地面がひび割れ、前方の地面がブロック状に砕け散った。

速度を出していた俺《おれ》と久我さんは急停止することができず、ブロック状の土塊《どかい》にぶつかってその場で横転してしまう。いてぇっ。

「……残念だった。私はこの程度で止まりはしない」

それでも猫《ねこ》のようなバランス感覚を持っている久我さんは空中でくるりと回転して、すぐに姿勢を立て直す。目の前に這い出てこようとしていたコープスウォーリアの頭を踏みつけて再び加速体勢に入る。

向こうから走ってきているのは、華乃だ。

「黒い風になるのっ！　誰《だれ》よりも速く――」

「……速さ勝負で私に勝てるとでも……えっ⁉」

「――もっと速くっ！　真なる勇者のスキルッ！　《シャドウステップ》！」

1対1での速さ勝負となり自信をのぞかせる久我さんであったが、華乃が《アクセラレータ》の上位スキルを使用したことにより立場が一変する。足元に高密度の黒い魔力を纏《まと》わせ、久我さんを上回る爆発的《ばくはつてき》な加速力で突進《とっしん》してきた。

『でったーぁぁっ！　チートスキルの代表格、《シャドウステップ》！　琴音《ことね》ちゃんはまだ覚えてないなら、厳しい戦いになっちゃうよー？』

『はっ、速すぎますっ！　何なのですかあの加速力はっ⁉』

《シャドウステップ》は移動力を上昇させるだけの《アクセレータ》と違い、AGI《俊敏性》を大きく上昇させる効果もある。そのため加速力、旋回《せんかい》力、回避《かいひ》力などAGIが影響《えいきょう》を与《あた》える全てのパラメータも同様に大きく上昇する。多くのベテランプレイヤーがジョブにかかわらずスキル欄《らん》に入れていたほどのぶっ壊れスキルなのだ。

［怨毒の臓腑］が落ちている周辺には、すでにたくさんのアンデッドがポップしており、いち早く辿《たど》り着いたターゲットを認識《にんしき》すると雪崩《なだ》れ込むように襲いかかる。対する華乃はそれらを全て躱しながらも無視し、アンデッド達の隙間《すきま》を縫うように黒い風となって吹き

抜《ぬ》けた。やばいぞ、あの一瞬《いっしゅん》だけで10個以上拾いやがった。

予想を遥《はる》かに超えた圧倒的《あっとうてき》な速度差を見せつけられ、久我さんは唖然として動けなくなっている。だけどまだ勝負はついていない。ここで諦《あきら》めたらオリハルコン防具も久我さんの好感度も露《つゆ》と消えてしまうじゃないか。

「まだだっ！　久我さん、二人で拾えばまだ――」

『ウチもいるんだぞー！』

土塊を払《はら》いのけて俺も急いで肉塊拾いに合流しようとするものの、天摩さんが巨大斧を振り回してアンデッドを吹っ飛ばしながらのっしのっしと走ってきた。遠くからは「それ私達のーっ！」と言いながらサツキとリサも戻って来てしまい、数十体のアンデッドが入り乱れての争奪戦が――今、始まる。

「それでは、優勝賞品授与《じゅよ》式《しき》をはじめまーす！　二人は前へどうぞっ！」

「はいはいっ、は〜いっ！」

『本当にそんな夢のような合金ができるのかなー。帰ったらすぐに試《ため》したいけど黒崎、ちゃんとメモ取ってある？』

「もちろんでございます。お嬢様《じょうさま》」

オリハルコン鉱石《優勝賞品》を頭上に掲げたアーサーが声高らかに授与式の開催《かいさい》を宣言すると、それを待ち望んでいたかのように土埃《つちぼこり》で汚《よご》れた華乃が元気な返事とともに前に歩み出る。黒崎さんに大きな布で磨《みが》かれている天摩さんは手渡《てわた》されたメモを見てそわそわとしている。

そう。優勝者はあの二人だ。結局、最初に華乃に拾われまくったのが響《ひび》いてしまった。それ以前に、俺達の作戦が華乃やリサにことごとく読まれまくったのが敗因と言うべきか。絶対に勝てると思っていたんだけどな……

「もうっ、ソウタがあんなことしなければ私達のものだったのにっ。えいえいっ」

「こうなったら～私達の分も付き合ってもらわなきゃね～。えいえいえいっ」

サツキとリサに恨《うら》み節《ぶし》を呟《つぶや》かれながら左右の頬《ほお》を何度もツンツンされる。邪魔《じゃま》をして勝とうとしたことは悪かったと思っている。せめて久我さんの好感度だけでも上げられればよかったのだが……

横目で同じように土埃だらけになっている猫耳フードを窺《うかが》うと、目が合った瞬間《しゅんかん》にプイッと逸《そ》らされてしまう。すっかり拗《す》ねていらっしゃる。彼女達のご機嫌《きげん》を取るためにはアーサーと裏で交渉《こうしょう》するしかなさそうだ。

（まぁでも、華乃と天摩さんが喜んでいるのは救いか）

手渡された賞品の鉱石で何を作ろうかとあれこれ楽しげに談笑《だんしょう》している。この後、華乃はそのまま天摩商会の工房《こうぼう》に行って一緒《いっしょ》に精錬・加工の工程を見学するそうで、狙い通り天摩さんと上手《うま》く関係を作れたようで何よりである。だがあんなに親しみやすくても彼女《かのじょ》は貴族。失礼のないようしっかりと言い聞かせておかないといけないな。


（さてと。イベントも終わったことだし帰るとしようかね）

脱《ぬ》いだ防具をマジッグバッグにしまっていると、天摩さんの鎧《よろい》を十分に磨き終わった黒崎さんが［怨毒の臓腑］がたくさん入った革袋《かわぶくろ》を覗《のぞ》き込んでいた。気になるのか1つだけ摘まみ上げながら色々な角度から観察し、カチューシャを着けた頭を何度も傾《かし》げている。

「アーサー様。これらは何に使うのか聞いても？」

『もしかしたら珍味《ちんみ》かもしれないよ？　ウチ、どんな味がするのか食べてみたいかも』

「晶《あきら》ちゃん食べたらダメだよ。これはね、あぁそうだ。それじゃあ最後にフィナーレといこうか。危ないからここにいてね」

肉っぽいのでホルモン焼肉感覚で食べたら美味《おい》しいかもと天摩さんが言うけど、お腹壊《なかこわ》すから絶対に駄目だとアーサーが腕《うで》でバッテンを作る。

今回手に入れた［怨毒の臟腑］は計200個以上。アーサーはそれらが入った革袋を背負うと《フライ》で空中にふらりと浮かび上がり、うっすらと描《えが》かれた紋様《もんよう》の上まで行って投げ入れる。肉塊がぼたぼたと地面に落ちると紋様が眩《まぶ》しいくらいに朱色《しゅいろ》に輝《かがや》き始め、亡者の宴全域に赤黒い霧状《きりじょう》の魔力が漂《ただよ》い出す。

ブラッディ・バロンの多重同時召喚《しょうかん》だ。

ばら撒《ま》かれた小さな肉塊がもぞもぞと集まって合体し、20ほどの大きな肉塊が出来上がる。つまりブラッディ・バロンが20体ほど同時に召喚されるのだ。その周囲には様々な武器を持った護衛騎士、ブラッディ・ナイツが数えきれないほど這い出てきている。

すでに俺がどうにかできる数をとっくに超えているが――

空中に浮かびながらその様子を見ていたアーサーは満足そうな笑《え》みを浮かべて一度頷《うなず》くと、両手の人差し指に青い魔力を灯《とも》して等身大ほどもある大きな魔法陣《まほうじん》を描き始めた。とめどなく濃密《のうみつ》な魔力が魔法陣に注がれ続け、やがて空気がピリピリと軋《きし》みだし、暗く渦《うず》を巻いていた空に大穴が開いて光芒《こうぼう》が射《さ》し込んでくる。

目を丸くした黒崎さんが慌《あわ》てて天摩さんの前に出て庇《かば》うように身構えるが、後ろにいる華乃と天摩さんは興味深そうに忙《せわ》しなく頭を動かしてその様子を見ている。

「……あれは大悪魔の〝発狂《はっきょう》スキル〟に似ているけど……同種の魔法《まほう》？」

「どちらかというと、それの上位の魔法かな」

アーサーの描いている魔法陣に興味を引かれた久我さんが、いつの間にか俺の隣《となり》に立って聞いてくる。今から放とうとしているのはアーサーがゲーム時代によく使っていた広域殲滅魔法《せんめつまほう》。レベルが大きく下がっているので威力も弱体化されているはずだけど、それでもレッサーデーモンが使った発狂スキルより強力だろう。

亡者の宴には次々にブラッディ・バロンが生まれ堕《お》ち、上空にいる魔人《まじん》を睨《にら》みながら怨嗟《えんさ》の雄叫びを上げている。最後の紋様を描き終えて魔法陣を完成させたアーサーは、両腕《りょううで》を高く上げて魔法の名を紡《つむ》ぎながら振り下ろす。

「フィナーレだっ！　ぜ～んぶ吹っ飛んじゃえっ！　《メテオ・ストライク》!!」

まだ声変わりのしていない高めの声がハウリングするように響くと、頭上の巨大な魔法陣から青白い光球が無数に飛び出し、流星となって亡者の宴全域に降り注ぐ。着弾《ちゃくだん》すると地鳴りのような轟音《ごうおん》が連続し、大きくめくれ上がった地面が後から降ってくる光の奔流《ほんりゅう》と融合《ゆうごう》して飲《の》み込まれていく。20体以上いたブラッディ・バロンもあの中では生き残れまい。

まったく、派手な花火だぜ。

ダンエクでも最上位に位置するエクストラスキルを見せられて、みんな興奮気味だ。天摩さんと華乃がドロップアイテムを見に行こうと久我さんの手を引っ張って誘《さそ》う。サツキも一緒に行こうと言って俺を誘ってくれたが、ちょいと疲《つか》れたので遠慮《えんりょ》しておくことにした。

(仲良くやっていけそうかな。本当によかった)

黒崎さんとアーサーも交ざり話に花を咲《さ》かせている姿を見て、俺は大きく安堵《あんど》の息を吐く。天摩さんと久我さんは揃《そろ》って特殊な立場の人なので、華乃達《かのたち》と溶《と》け込めるのか心配だったけど、あの様子なら今回のイベントはひとまず成功と言っていいだろう。まぁ……俺の女性陣《じょせいじん》からの好感度がダダ下がりなことを除けばだが。

凝《こ》り固《かた》まった筋肉をほぐすように伸《の》びをしながら明日の、月嶋《つきしま》君と第一剣術《けんじゅつ》部・足利との決闘《けっとう》について考える。

正直どうなるのか、というよりも月嶋君がどこまでやる気なのか見当はつかない。それでもできるだけの準備はしてきたつもりだ。欲《ほ》しかったものは全て手に入ったし、そういう意味でも今日の集まりは非常に有意義ではあった。

向こうでは華乃とアーサーがドロップアイテムを集めに元気に走り回っている。きっと今頃《いまごろ》、瞳《ひとみ》に¥マークを浮かべていることだろう。あの二人が入学してきたら賑《にぎ》やかになりそうだが、せめてそれまでは平穏《へいおん》な学校生活を送りたいものだね。

第10章 ✦ 運命の決闘が始まる、その一方で

『成海か。入れ』

「……失礼します」

生徒会会議室の分厚い扉《とびら》をコンコンと叩くとすぐに「入れ」との声が聞こえてくる。この部屋の主である生徒会長・相良明実《さがらあきざね》の声だ。入室許可が出たので、いつものように若干《じゃっかん》縮こまりながら木製の分厚い扉を開く。

どうにも権威《けんい》とか権力を見せつけるような空間は苦手だ。本来はこんな姿を見られると付け入られる隙《すき》になるだけなので早々に直すべきなんだろうけど、元の世界でも修正はできなかったので多分無理なのだろう。小心者はつらいぜ。

そんなことを考えながらそろりと中を覗いてみれば、近くで難しい顔をして腕を組んでいる相良と、顎《あご》に人差し指を当てて考えごとをしているキララちゃんが立っていた。慌てて一礼をする。

「成海君。あと20分ほどで予定の時刻となりますけど、準備はよろしくて？」

「場所は闘技場《とうぎじょう》1番だ。関係者以外近づかぬよう通達はしてある」

これから月嶋君と第一剣術部・足利の決闘が行われる。できるだけ情報を漏《も》らしたくないので観戦人数を大幅《おおはば》に制限し、それに加えて生徒が来ない休日に開催することになった。使う場所は情報機密性の高い闘技場1番。一般《いっぱん》の生徒には周辺にも立ち入り禁止の通達を出したとのことで、あれから相良は随分と動いてくれたようだ。

俺は持っていたマジックバッグから黒く塗装《とそう》された鼻と口を覆《おお》うフェイスガードと、裾《すそ》の長い漆黒《しっこく》のローブ、小瓶《こびん》を取り出して準備はすぐにできると伝える。

「闘技場にはこれらを被《かぶ》っていきます」

「……この仮面とローブ、微《かす》かに魔力が感じられますわね」

「魔《ま》導具か。それらにはどんな効果があるのか聞いてもいいか」

このフェイスガードと漆黒ローブは、リサ達に影響されて形状を大きく変更《へんこう》しアレンジしたもので、元となっているのは正体を隠す古びた仮面と薄汚《うすよご》れたマント。面影《おもかげ》はほぼなくなっているが効果は変わらずだ。

「このフェイスガードは鑑定阻害《かんていそがい》、ローブには存在感を低下させる効果が付与《ふよ》されていています。それと……この薬は一時的に痩《や》せる薬なんですが、俺は太っているので変装に丁度いいと思いまして」

フェイスガードとローブの効果を聞いて息を呑《の》むキララちゃん。この2つのアイテムはくノ一レッドのような暗部クランならいくつか所持しているはず。そんなに驚《おどろ》くことだろうか。

そしてもう一つ。小瓶に入ったこの薬は、天摩商会が天摩さんのために海外から取り寄せた特別な秘薬だ。舞踏会《ぶとうかい》や貴族同士の集まりにどうしても参加しなければならないとき、天摩さんは必ずこの秘薬を飲んで行く。俺はゲーム知識からそのことを知っていたので交渉して少し分けてもらったのだ。

薬をくれという際に天摩さんを動揺《どうよう》させてしまって凄《すご》く後悔《こうかい》したが、その代わりオリハルコンの詳細《しょうさい》な精錬《せいれん》・加工法、性能を教えると言うと飛び跳《は》ねるほど喜んでくれたので本当に良かった。アーサーから教えてもらった情報だけでは実際に防具にするために長い時間と費用がかかるのを覚悟《かくご》していたとのこと。

しかしゲーム知識を使ってプライベートに踏み込むときは極力慎重《しんちょう》に動くべきであったし、薬についても、とても希少な物らしく想像以上に高額であったため、安易に分けてくれと言う前に薬価くらい調べておくべきだった。気前よく分けてくれた天摩さんにはもう一度、感謝をしておきたい。

ということで決闘までもう間もないので早速薬を飲んでおく。小瓶に入っているのは黄色い液体。口に流《なが》し込んでみれば少々甘く、ドロッとしていた。

効果はすぐに現れる。まだ胃に到達《とうたつ》していないというのに喉奥《のどおく》の発熱が全身へと伝播《でんぱ》し、体が面白《おもしろ》いようにどんどんと萎《しぼ》んで引き締《し》まっていく。脂肪《しぼう》でふっくらとしていた腕や腹には筋肉の筋や血管が浮き出て、顎を触《さわ》ればシャープになった手触《てざわ》りが伝わってくる。ややきつめのズボンを穿《は》いてきたつもりだけど、それでも緩《ゆる》いくらいだぜ。

効果時間は約1時間。まぁ十分だろう。

「全くの別人に……いえ。以前、成海君の家にお迎《むか》えに行ったときはそんな感じだったかしら。でもやっぱり別人に見えますわ」

「加えてこのフェイスガードとローブを着ると……こんな感じですね」

「なんと。注視しなければ焦点《しょうてん》が合わないほどか。これはある意味異様であるな」

フェイスガードとローブが破損し素顔《すがお》を見られても薬の効果で正体がバレないという二段構えだ。これなら月嶋君も俺がブタオだと分かるまい。二人には珍獣《ちんじゅう》を見るかのような目でまじまじと観察されて少々気恥《きは》ずかしかったものの、効果は抜群《ばつぐん》とのお墨付《すみつ》きをもらえたので良しとしよう。

「それでは時間も押《お》しているようですし、参りましょう」

「ふむ。成海、よろしく頼む」

3人で頷《うなず》くと、部屋を出て無言のまま廊下《ろうか》を移動する。窓から見える空は俺の心情とは真逆で雲一つなく、突《つ》き抜けるような青空だ。

（気負わずにいこうか）

月嶋君もゲームストーリーを壊すデメリットは重々承知のはずだし、俺が考えているような悪い事態にならないかもしれない。仮に戦闘になったとしても勝てる算段はいくつも用意してきた。気負ったところで結果が良くなるとは思えないし、肩《かた》の力を抜いて気楽にいくとしよう。


冒険者学校《ぼうけんしゃ》には4つの闘技場がある。その中でも〝1番〟と言われる闘技場はレベル20以上の上級冒険者同士が戦っても問題ないよう、高い強度と機密性を重視して作られている。

例えば壁《かべ》や床《ゆか》、天井《てんじょう》には純度の高いミスリル合金製のタイルがふんだんに敷《し》き詰《つ》められていてウェポンスキルの直撃《ちょくげき》にも十分に耐《た》えうるし、スキルや戦闘データ、個人情報など貴重な情報が漏れないよう窓は一つもなく、防音、防振《ぼうしん》などの情報保護魔術《まじゅつ》まで幾重《いくえ》にも仕掛けられている。

これだけの施設《しせつ》を作るとなれば建築費用や維持費《いじひ》は馬鹿にならないが、冒険者育成は国防という意味合いも強く、莫大《ばくだい》な税金が投下されるまでそれほど時間はかからなかったという。冒険者学校の生徒としてもこの闘技場1番を使えるということは一種のステータスにもなっている。

その建物の入り口前に着いてみれば、まるで門番かというように剣道着《けんどうぎ》を着た女生徒が腕を組んで仁王《におう》立ちしていた。肩から腕にかけて〝第一剣術部〟と金の刺繍《ししゅう》。胸元《むなもと》には小さくはあるが目立つ位置に家紋《かもん》が入っている。俺達《おれたち》の姿を見ると僅《わず》かに笑みを浮かべ、丁寧《ていねい》に会釈《えしやく》する。

「相良様、楠《くすのき》様、ご機嫌麗《うるわ》しゅうございますか。此度《こたび》は私が立会人を務めることとなりましたが……そちらの面を付けた方は？」

女生徒はやんわりとした挨拶《あいさつ》の後に一転して鋭《するど》い目を俺に向けてきた。その立ち姿や微《び》量《りょう》に漂う魔力からは相応の実力が窺《うかが》える。すでにフェイスガードをしてローブを深く被っているので顔姿は隠《かく》され、気配もかなり薄《うす》くなっている。警戒《けいかい》するのも無理はない。

「ボディーガードとして特別に招待した。身元は私が保証しよう」

「……相良様がそうおっしゃるなら。どうぞ中へお入りください」

相良の紹介《しょうかい》により警戒を解き、俺にも笑みを浮かべて一礼してくる。このような身なりであってもすぐに通してくれるとは、相良はとんでもなく信頼《しんらい》されているようだ。それならば遠慮なく入らせてもらおう。

（しかし、立会人が同じ第一剣術部か）

立会人とは決闘をルールに則《のっと》って進行させ、判定から勝敗まで取り仕切る審判兼《しんぱんけん》、責任者のことだ。足利のような実力者を取り仕切るとなれば同等以上の実力を求められるのだが、そんな実力者は校内において八龍《はちりゅう》、またはその幹部しかいない。しかしながら今回の決闘は制裁の意味合いが強いので、わざわざ他の八龍からそんな実力者が出張ってくることはない。

だからこそ同じ所属で実力の近い彼女が立会人となったのだろうが、それだけに第一剣術部の都合の良いように事を進める危険がある。万が一、月嶋君が負けるようなことがあれば間に入らねばならない。

もっとも、八龍の強さをよく知っているプレイヤーが負けるとは思えないし、負けてくれるなら騒《さわ》ぎが最小限に押さえられて俺としても助かる。無駄《むだ》な心配かもしれないな。

闘技場の中に入ると、白く眩しい光に思わず目を細める。

真っ白く塗装されたタイルが床や壁など一面に貼《は》られており、明るいライトにより照り返されているからだ。あれらは全てミスリル合金で作られたタイル。全体をぱっと見た限りでは無機質で何かの実験施設のような冷たい印象を受ける。

相良とキララちゃんは一段高いところにある観客席の方に歩いていったので俺も同じようについていく――と、そこにはすでに招待された何人かが思い思いに座《すわ》っていた。

「よぉ相良。この決闘は果たして楽しめるもんなのか？」

「私もお聞きしたいと思っていました。月嶋拓弥《つきしまたくや》とは、どういった方なのでしょう」

最初に声をかけてきたのは顎鬚《あごひげ》を触りながら怪訝《けげん》そうな視線を向けてくる筋肉隆々《りゅうりゅう》の男。第一剣術部部長の館花左近《たちばなさこん》だ。ゲームのストーリーに登場する頃《ころ》にはすでに部長職を引退しており、他の高位貴族のように傲慢《ごうまん》に振《ふ》る舞《ま》うかと思えば、ときに主人公を鍛えて力になることもあり、気まぐれが服を着たような人物だった。

その隣には赤い髪をふわりとサイドに束ねたローブ姿の女性が、ゆったりと座りながら質問してくる。第一魔術部部長の一色乙葉《いっしきおとは》。柔和《にゅうわ》な顔立ちをしているので気を許しそうになるが、ゲームでは多くのルートで主人公の前に立ちはだかる要注意人物でもあった。貴族と対立することなどがあれば真っ先に最前線に出てくる好戦的な性格の持ち主なので、決して正体がバレぬよう気を付けなければならない。

相良は近くの席に腰《こし》を掛《か》けると背筋を伸ばして腕を組み、大声ではないが意外にも響く声で返答する。

「私はルールに沿って行われるかを確認《かくにん》しに来ただけだ。詳《くわ》しい情報は把握《はあく》していない」

「……ちっ。相良が推《お》そうとしていた1年じゃねーのか。ならやっぱり期待できねぇな。足利は中学時代から俺がみっちりと鍛えた後輩《こうはい》だ。経験の浅いEクラスのガキにやられるわけがねぇ」

「ですけど、お相手はその足利様を倒《たお》すと宣言したそうじゃないですか。そんな楽しみな方がいらっしゃるなんて、どうしてもっと早く教えてくださらなかったのですか」

八龍同士の会話に割って入ってきたのは、次期生徒会長――になる予定――の世良桔梗《せらききょう》。すみれ色の瞳と長い銀髪《ぎんぱつ》が白いライトに照らされて光《ひか》り輝いている。まるで女神《めがみ》のような神々《こうごう》しい美しさだぜ。

彼女の話によれば招待状は数日前に届いていたのだけど詳細は全く聞かされておらず、単なるEクラスへの見せしめと思っていたとのこと。昨晩、足利に断りのメールを入れたら「相手の1年は私を倒すと豪語《ごうご》していました」とか「相良様が関心を持たれている人物かもしれませんよ」などと言われ、気になって夜も眠《ねむ》れなくなったそうな。もっと早く知っていれば〝眼〟を使って未来を視《み》ていたのにと頬を膨《ふく》らませる。

心の中で「足利のやつ、そういう情報ならもっと早く世良さんに伝えろよ」とブーイングしていると、横からモジャモジャの髪の男が割《わ》り込んできた。

「ボクも調べてみたけど、面白い情報は何もでてこなかったョ。八龍全員に招待状を送るくらいだから何かあると思ったんだけどねェ……ところで、楠クンの隣に立っている顔を隠した御仁《ごじん》は誰なんだィ？　やけに気配が薄いけど」

そう言い終えると俺に蛇《へび》のような鋭い目を向けてくる。こんな男は見覚えがないな。手足が異様に長く2ｍはあろうかという長身で、こんな独特な話し方をするならゲームに登場すれば忘れるはずないのだが。

相良や館花のように現時点で三年生の八龍は、ほとんどが表舞台《おもてぶたい》に出てくる前に代替《だいが》わりしてしまうためダンエクのゲームストーリーには登場しない場合がある。恐らくこの人もそのパターンなのだろうが……さて。普通《ふつう》に自己紹介《しょうかい》なんてできるわけがないし、どう答えたものか。

何かカッコいい名前、もしくは組織名がないかと考えていると、キララちゃんが黒い扇子《せんす》を優雅《ゆうが》に取り出し、間に入って答えてくれる。

「こちらの方は相良様が招待した賓客《ひんかく》ですの。此度の決闘で予期せぬことが起こった場合にヘルプとして入ってもらうよう、お呼びしたと聞いております」

「その通りだ。だが正体は明かせん」

「……つまり、俺等が手に負えない状況《じょうきょう》でも何とかできるってことかよ。相良家の息がかかっていなかったら、この場で決闘を申《もう》し込みたいところだぜ」

そんなギラついた目で俺を見るのはやめていただきたい。館花本人はもちろん、八龍とその周りにはどうにも血気《けっき》盛《さか》んなのが多くて困る。まぁ強くなればなるほど本気で戦える相手もいなくなるというジレンマがあるのだろうけど。

キララちゃんが隣へ座るよう手招きをしてくるが、八龍の座る特別席に庶民《しょみん》が座るのは憚《はばか》られるので隣に立って見ることにした。


時計を見れば決闘の開始時刻までもう1分もない。皆《みな》考えることがあるようで会話は無く、闘技場は静まり返っている。八龍はまだ5人しか来ていないけど、これ以上は集まらないのだろうか。

やがて開始時刻になろうかというとき、入り口の方からガチャガチャと金属音が響いてきた。ヘルムを手に携《たずさ》え、全身を金属防具で固めた第一剣術部・副部長の足利だ。そのまま闘技場の中央付近に立つと仰々《ぎょうぎょう》しく頭を下げて挨拶を始める。

「この度はご足労いただき、ありがとうございます。どうぞ最後までお付き合いください」

肩から首元までしっかりとガードできる大きな肩当《かたあ》て。鎧下にはしっかりとチェインメールを着込んでおり、腰には業物《わざもの》らしき装飾《そうしょく》のついた大きな長刀が目に付く。思っていたよりも重装備だ。相手がEクラスの生徒であっても本気で戦うことを想定しているのが見て取れる。

そこへ先ほどから不信感を募《つの》らせていた館花が苛立《いらだ》ったように声を上げる。

「足利。月嶋って奴《やつ》ぁちょっとはできるんだろうなぁ。それ以前に逃《に》げずに来るのか疑わしいぞ」

「館花部長。仰《おっしゃ》る通りそこは私も少々懸念《けねん》していましたが――来たようですよ」

足利が話している最中に入り口の扉を蹴飛《けと》ばす音が聞こえてきた。皆の視線がその方向へ一斉《いっせい》に動き、鋭くなる。

入ってきたのは制服のポケットに手を突っ込みながら歩く月嶋君だ。いつものダルそうな目つきではなく、瞳を爛々《らんらん》と輝かせて不敵な笑みを浮かべている。まるでこの日を待ち望んでいたかのようだ。

それよりも気になるのは脇《わき》に控《ひか》えて歩く人物達《たち》。

右隣《みぎどなり》にはセミロングで大きな眼鏡をかけた女生徒――リサが歩いている。同じプレイヤーとして今回の決闘に招待されており、情報収集という目的で参加すると事前に報告を受けていた。なのでリサがいることは予定通りだ。とはいえさすがにこの中を歩くのは気が引けているのか、若干ひきつった笑みになっている気がする。

そして左隣《ひだりどなり》を歩くのは刀を腰に差した長髪《ちょうはつ》の男――周防皇紀《すおうこうき》。高位貴族であり1年Bクラスを率いるクラスリーダーでもある。非凡《ひぼん》な才能と能力を誇《ほこ》り、プレイヤーに立ちはだかるボスとして登場する……はずだったのだが、もしかしてあいつを傘下《さんか》に取り込んだのだろうか。

赤城君と刈谷《かりや》の決闘を通じ、その背後にいた周防と情報のやり取りをしていたことは知っていた。会うときも必ず人目に付かない密室であったとリサからは聞いていたけど、こうして人前で一緒に歩くということはもう関係性を隠す必要がないということだろうか。

そして問題は、一番後ろ――

(参ったな。招待に応じていたとは……)

長いサイドテールを揺《ゆ》らして歩くのは、カヲルだ。月嶋君が招待していたであろうことは想定していたが、この決闘は貴族が集まる中で行われる。そこに飛び込む危険性は重々承知しているはずなのに、どうしてその誘いに応じたのか。

しかしこれでフェイスガードを外すわけにはいかなくなった。カヲルは痩せた俺の姿を知っているからだ。気を付けなければならない。

足利は月嶋君の後ろにいる部外者に怪訝な目を向けた後、何事も無かったかのようにゆっくりと手を叩《たた》いて歓迎《かんげい》の拍手《はくしゅ》をする。

「よくぞ逃げずに来ました。覚悟はできているということでしょうか」

「くっくっ。お前なんざどうでもいいんだが……まぁいい。これを機に恐怖《きょうふ》を存分に知らしめてやるよ。皇紀《こうき》、利沙《りさ》、カヲル。今日は晴れ舞台《ぶたい》だ。オレについてくる価値があるのかどうか、その目で直に見極《みきわ》めろ」

圧をかけようとする足利をスルーして後ろを振り返り、自身を見極めろと言う月嶋君。

恐《おそ》らく俺とサツキのような共闘《きょうとう》関係を結びたいのだろう。ソロでのダイブはレベル20前後が限界であり本格的にダンジョン攻略《こうりゃく》を考えるならパーティーを組まざるを得ない。そのパーティーメンバー候補として選んだのがあの3人というわけだ。才能や素質という面で一流どころを揃えたのだろうが、あのメンバー選びはどうなのか。色々な意味で複雑な心境になってしまう。

「ええ拓弥《たくや》さん、是非《ぜひ》ともそうさせていただきましょう。それでは利沙さん、カヲルさん。我らは上の席へ参りましょうか」

「そうね～早瀬《はやせ》さんも行きましょう。見学するだけして答えは保留してもいいのよ～？」

「……え、ええ。そうね」

そういって3人は八龍の座る席よりやや離《はな》れて座る。館花は何かを聞きたいのかカヲル達の方を見て立ち上がるが、小さいものの、よく通る声によって動きを止める。見れば瞳を真っ赤に光らせた世良さんが、ふらつくように立っていた。

「……見えません。何も見えません……でも、どうしてでしょう……」

「ぁん？」

彼女の固有スキル、魔眼《天眼通《てんげんつう》》を使用しているのだ。その目で見た対象の未来と可能性を覗くことができるというスキルだが「見えない」とはどういう意味か。

「未来が不確定？　この力が及《およ》ばない？　そのようなことは過去に一度もありませんでした。もしかして貴方様《あなたさま》こそが……わたくしの勇者様なのでしょうか」

両手で胸のあたりを押さえ、どこか熱に浮《う》かされたような表情で月嶋君を見つめる世良さん。彼女の言う「勇者様」とは、ゲーム主人公、つまり赤城君とピンクちゃんだけが就くことのできるユニークジョブ【勇者】に起因することだったはず。

幼少の頃に曾祖母《そうそぼ》である【聖女】から予言を受けて以来、【勇者】と共に旅し、巨悪《きょあく》に立ち向かう日を心待ちにしていた、という設定は知っている。これにより赤城君がストーリーを進めていくと、世良さんは「勇者様」と言って慕《した》って付いてくるようになるのだ。だけど何故《なにゆえ》に月嶋君がその勇者様なのか。プレイヤーでは就《つ》くことができないジョブだというのに……


闘技場の中央に立つ月嶋君も不敵な笑みで世良さんの問いに答える。

「世良か。お前も仲間に加えてやってもいいぜ。オレがどの程度の器なのか。その目でしかと見ておけよ」

「……はい。わたくしの勇者様」

目を潤《うる》ませ打ち震《ふる》えながら頷いているけど、ちょっと待って欲しい。こうなると世良さんの個別ストーリーはどうなるんだ？　というか、プレイヤーでもその勇者様になれるのなら真っ先に立候補したかったのだけど。


今後の冒険者学校を左右する大事な決闘が始まろうとしている。その一方で、俺の淡《あわ》い恋心《こいごころ》がひっそりと砕け散ろうとしていた。

第11章 ✦ まだ見えぬ実力

入り口にいた剣道着の女生徒が闘技場の中央に立ち、声を張り上げる。
「これより決闘のルールを説明する。最初に正々堂々と戦うこと。己《おのれ》の技術をぶつけ今後の糧《かて》とせよ。次に不殺であること。これを破った者は極大のペナルティを負わせる。次に――」

決闘のルールは以下の通りだ。

・正々堂々と戦うこと
・不殺であること。
・降参はあり。
・戦闘《せんとう》続行ができないとみなされた場合は、負けとなる。

これらは一般的《いっぱんてき》なルールなので注目すべきところは特にない。強《し》いて言えば〝不殺〟を破った場合、立場のある足利であろうと強制的に退学になってしまうため、殺される心配はほぼないと言っていいだろう。後方にはプリーストの先生も控えているので腕の1本くらいなら治してくれるのも心強い。

「それでは決闘を始めるが、双方《そうほう》準備はよろしいか」

「待ってください。もしかして……その格好で戦うと？」

顔面以外は全て金属プレートで覆っている足利が、開始直前になっても制服姿のままでいる月嶋君を見て顔をしかめる。足利の腰に差している武器は刃《やいば》を潰《つぶ》したものではなく、モンスターをも屠《ほふ》る殺傷能力の高い日本刀であるのにもかかわらずだ。

肉体強化がされていても痛覚を遮断《しゃだん》しているわけではないので、斬《き》られれば痛みで動きが大きく鈍《にぶ》るし、身体のどこかを斬られればプリーストの治療《ちりょう》という保険はあるにせよ、痛みで悶絶《もんぜつ》し気を失うようなことは十分あり得る。ダンエクのようにＨＰが０になるまでは、まるで無傷かのように動けるのと訳が違《ちが》う。それゆえに防具は重要になるのだが——

「あぁ？　防具なんざいらねーよ。これだけで十分だ」

そう言って月嶋君が取り出したのは30㎝ほどの小さな金属製のワンド。兼《か》ねてより召喚使いの可能性が高いと予想していたのでワンドを使うことに驚きはないし、魔法使《まほうつか》いなら魔力《まりょく》を阻害《そがい》する金属防具を着けないことも理解できる。

しかしそこで新たな問題が発生する。

こちらの世界では〝魔術士は決闘に向かない〟というのが常識のようで、観客席で見下ろしていた面々が眉《まゆ》を寄せて不快感を示す。

「1対1の決闘、しかもこの限られた空間で魔術士とは……いやはや。とても正気とは思えませんねェ」

「けっ、期待外れだぜ。俺《おれ》ぁ帰るわ」

もじゃもじゃの長身の男――〝武器研究部〟部長、宝来司《ほうらいつかさ》というらしい――が首を振って失望した表情を浮かべ、館花にいたっては席から立って帰ろうとする。

闘技場1番は4つある闘技場の中では一番大きいとはいえ、レベル20に達する者達が戦う場としてはさして広いとは言えず、必然的に接近戦を強いられる。そんな状況で魔術士ができることといえば、詠唱《えいしょう》スピードが早く低火力の魔《ま》法弾《ほうだん》しかない――とでも考えているのだろう。

館花は去る前に相良と楠を横目でそっと見る。動く気配がないことに何か思うところがあったのか、次にカヲル達のいる方へ声をかける。

「おいっ、1年。というか周防《すおう》！　テメェは第一剣術部《うち》に入るんじゃなかったのかよ。何であの野郎《やろう》とつるんでんだ。何か知ってんのか？」

「これは館花様。私は何も存じておりません。ですからそれを知るためにこの場まで参ったのです。ただ一つ言えることは……拓弥《たくや》さんは只者《ただもの》ではない、ということだけです」

「なんだと？　どういうことだ」

後ろにいるカヲルも何か心当たりがあるのか考える素振《そぶ》りを見せている。恐らく〝力〟の一部を見せてもらったのだろう。館花は要領を得ない周防の回答に苛立ちながらも、先ほどまで座っていた席に戻《もど》ってドカリと座り込《こ》んだ。

「だが魔術士がどうやって剣士《けんし》に勝つってんだ。魔術部、お前はどう考える」

「……対剣士だとしてもやりようはあります。しかしながら魔術への深い理解と、多くの対人経験を積んでいなければ対応は難しいと思われます」

「だよねェ。そう言われてますます期待できなくなったけど」

第一魔術部・部長の一色《いっしき》が月嶋君をまじまじと見つめながら館花の質問に答える。剣士の対応には知識と経験が必要、といっても1年Eクラスの生徒がダンジョンに入れるようになってからまだ3ヶ月程度しかなく、ますます期待できないと宝来が嘆《なげ》く。

（プレイヤー同士であっても、この広さで戦うなら剣士のほうが有利なのは間違《まちが》いない。だけど……）

戦うエリアは約30m四方ほど。剣士の攻撃《こうげき》射程は狭《せま》いとはいえ、速攻《そっこう》ができてスキルも全て速射型。一方で防御《ぼうぎょ》が弱く、攻撃にもワンテンポ遅《おく》れる魔術士が不利になるのは言うまでもない。だけど足利はプレイヤーではないので、やりようはいくらでもある。

そんなこととは露《つゆ》知らず、眼下では足利が顔を赤くして怒《いか》りをあらわにしている。

「期待した私が愚《おろ》かでした。八龍の皆様方《みなさまがた》にはお前の血で贖《あがな》うことにしましょう……」

恥《はじ》をかかされたと思っているのだろう。だがそう思わせたのも月嶋君による駆《か》け引きの一部なのかもしれない。

「それでは決闘――始めっ！」

立会人が上げていた腕を振り下ろし決闘の開始が宣告される。重武装した足利は身を屈《かが》めて抜刀《ばっとう》の構え――から、その場ですぐに刀を抜《ぬ》いて居合切りを放つ。月嶋君を斬りに行ったのではない。開幕と同時に撃《う》ち込まれた魔法弾《ファイアーアロー》を斬ったのだ。

月嶋君は旋回《せんかい》するように走りながら魔法弾を次々と放ち、左手ではマニュアル発動した魔法陣を描くと即《そく》発動させる。あれは中級ジョブ【ウィザード】が覚える《ファストキャスト》か。魔法詠唱《まほうえいしょう》とクールタイムを短縮するスキルだ。

スキル効果により魔法弾の打ち込む速度が目に見えて増していく。ここまでは魔術士の戦い方としては定石といってもいい。相手の強さや癖《くせ》を見ながら間合いを維持《いじ》し、致命《ちめい》の一撃《いちげき》を狙《ねら》っていく戦術はダンエクの魔術士達もよくやっていたことだ。

しかし、さすがは第一剣術部の副部長。けん制の魔法弾を躱《かわ》し、あるいは叩き斬って全てを無効化させている。

「小細工ばかりですね。もっと面白いものを見せてくれませんか。この程度ではお呼びした皆様方を楽しませることはできません」

「クックック……なら少しだけ見せてやるか」

足を止めて首をこきりと鳴らした後、手を床に向けて魔力を一気に流し込む。すると直径3mほどの円環魔法陣《えんかんまほうじん》が浮かび上がり、朱色に光り出した。あの魔法陣は――

「赤く滾《たぎ》る激情の炎《ほのお》よ、オレに従い顕現《けんげん》しやがれぇっ！《イグニス》!!」

最初に炎が垂直に噴《ふ》き出し、うねるように何かの形になったかと思えばそこに現れたのは――身長1・5mほどの二足で立つトカゲだ。盛り上がるほどの筋肉で、口からは炎がちょろちょろと噴き出し、興奮しているのか太い尻尾《しっぽ》を床に何度も叩きつけている。

イグニスは上級ジョブ【サマナー】が覚える召喚獣《しょうかんじゅう》だ。あれをオート発動したということは、やはり召喚《しょうかん》をメインとしたスキル構成にしていると考えていいだろう。一方で突如《とつじょ》現れた召喚獣に観戦者達の目が見開かれる。

「なにっ、モンスターだと!?」

「……あれは魔法《まほう》で呼び出したようですね。やはり他国のエージェントでしょうか」

イグニスをモンスターだと勘違《かんちが》いした館花が脇に立て掛けていた剣《けん》へ手を伸ばすが、魔力の流れを見た一色は魔法によるものだと推測する。だが他国のエージェントを疑うということはどういう理由なのか。

「エージェントではないねェ。ボクが調べたところ、月嶋拓弥《つきしまたくや》は生まれも育ちも日本だった。孤児院《こじいん》にいた記録を見つけたから間違いなく一般人《いっぱんじん》だョ」

「ならどうしてあんなスキルを覚えている。レベルだってどうみても20前後はあるぞ」

(孤児《こじ》……ね。そういうことになるのか)

俺みたいに誰《だれ》かの体に入るプレイヤーはその人物の過去を背負って成り代わるが、月嶋君やリサの場合は元の世界の体のまま、こちらの世界に飛ばされてきた。その場合は身寄りがない孤児育ちということになっているようだ。偽造《ぎぞう》された過去があるというのもそれはそれで興味深い。

あれは何のスキルなのか。Eクラスにもかかわらずレベルがおかしいのでエージェントでないなら何なのか。などと議論になりそうだったが、状況が動き出したため会話が中断される。

足利が月嶋君のいるところまでひとっ飛びし居合切りの溜《た》めモーションに入るものの、

イグニスが割り込み、風切り音を立てながら太い尻尾を振り回す。足利は紙一重で躱《かわ》すが反対側に移動していた月嶋君の回し蹴《げ》りを喰《く》らってしまい、ゴンッという衝撃音《しょうげきおん》と共にくの字になって数mほど吹っ飛ばされる。

「ぐっ……蹴《け》りだと……!?」

「何を驚く。魔術士でも肉体強化はするんだぜ」

足利が蹴りを避《さ》けられなかった理由はいくつかある。モンスターが庇《かば》うように動いたこと。魔術士は近接戦をしないという先入観があったこと。それ以上に2対1になったということが一番の大きな理由だろう。

1対1の決闘では剣士に分があっても、2対1となれば話は変わる。ディフェンス能力の高い召喚獣を呼び出せたなら、それなりに詠唱の長い高位魔法を使うチャンスも生まれるし、月嶋君のように近接も魔術も両方できるのなら挟撃《きょうげき》や連続攻撃など戦術の幅《はば》も広がることになる。

戦況《せんきょう》は目まぐるしく動く。イグニスはダメージから回復していない足利に向けて口から指向性のある火炎《かえん》を吐《は》き、真っ白だった闘技場内をオレンジ色の光に染め上げる。咄嗟《とっさ》に転がるように避けるがそこにも月嶋《つきしま》君の魔法弾が飛んできており、衝撃音が鳴り響《ひび》く。

2、3発は当たったようだがフルプレートメイルの防御力《ぼうぎょりょく》は伊達《だて》ではないようで、すぐに立って刀を構える。

「ぐっ……き、貴様ッ！　モンスターの力を借りるなど、どこまで見下げた奴なのだ！」

「クック……面白いことを言うやつだな。せっかくお前に合わせて戦ってやっているのに」

想定していた戦いを全くできずに動揺する足利は、月嶋君を卑怯《ひきょう》だと非難するが、召喚獣と連携《れんけい》して畳《たた》みかけるように立ち回る戦い方は召喚士の基本的な戦術だ。

とはいえ。先ほど月嶋君が言ったように「足利に合わせて」戦っているのは何のためか。やろうと思えばプレイヤースキルで圧倒《あっとう》できるだろうに、まだそんなスキルは何一つ見せていない。情報流出を気にしている？　それなら最初からこんな決闘《けっとう》など受けなければいいわけで……もしかしてここにいる誰かの目を気にしているのだろうか。

「失せよぉぉっ、モンスタァー！」

苛立つ足利は障害となる召喚獣を先に倒そうと決めたのか、イグニスに向かって走り出し刀を振るうが、当然月嶋君もただ見ているなんてことはしない。挟《はさ》むようにして死角に回るとワンドを振って魔法弾を連続で撃ち込む。

その動きに気づいていた足利は急停止して躱すものの、すぐ後ろに迫《せま》っていたイグニスのパンチを受けてつんのめってしまい、大きくバランスを崩《くず》す。

「イグニスッ！」

「グァ――ァァア!!」

召喚主の声に反応したイグニスが空気を震わすような雄叫《おたけ》びと共に魔力を増大させる。太い尻尾が瞬時《しゅんじ》に巨大化《きょだいか》し、ミスリル合金製の床タイルを巻き上げながら燃《も》え盛《さか》る光の鞭《むち》となって襲《おそ》いかかる。イグニスの最大火力スキル《フレイムテイル》だ。

迫りくる攻撃に足利は腕《うで》をクロスし身をかがめて耐えようとするものの、車がぶつかったような衝撃音と共に壁まで吹っ飛んで叩きつけられてしまった。いくらフルプレートメイルを着込《きこ》んでいてもあの防御の仕方では大ダメージを免《まぬが》れまい。これは勝負あったたか。

息を呑んで静まり返る第一剣術《けんじゅつ》部。それとは裏腹に、八龍や周防達は初めて見る召喚士の戦いに前のめりになり目の色を変えている。あれほどのモンスターを呼び出し使役《しえき》することができるのなら、魔術士単独でも状況を問わず戦えるのではないか。対人戦において最強候補になりうるのでは。などと話しているが、そう単純なものではない。

召喚獣を呼び出すには短いものでも数秒、長いものでは十秒以上の詠唱時間が必要となる。剣士と向かい合った状況でその時間を稼《かせ》ぐことは至難の業。

足利としては余裕《よゆう》など見せず召喚獣を呼び出す時間なんて与《あた》えなければ勝機はあったのかもしれない。仮に召喚させてしまっても多対1の経験があれば冷静に立ち回ることはできたはずだが、狩《か》りでも部活動でもそんな練習はしてこなかったのだろう。対召喚士に慣れていないのが一目瞭然《いちもくりようぜん》だった。

月嶋君は首の関節をコキリと鳴らし気を失っている足利を見ると、つまらなそうにつぶやく。

「予想以上に弱ぇ。ま、現地人なんざこんなものか……だが。オレに喧嘩《けんか》を売った代償《だいしよう》は高くつくぜ」

「し、失格だ！　モンスターなんぞの力を借りて恥《は》ずかしくはないのかっ！」

そこに立会人を務める女生徒が「お前は失格だ」と声を荒《あら》らげ、奥《おく》で見ていた第一剣術部の部員達も怒声《どせい》を上げてなだれ込んできた。足利に勝てばこうなることは想定していたので驚きはない。むしろここまでは想定通り。

俺が動くべきなのかを聞くためキララちゃんを見ると、相良に小声で話しかけていた。

「(相良様。情報を集めるためにもう少し泳がせたほうがよろしいかと)」

「(一理ある。が、どうなんだ。成海)」

「(まだ実力の片鱗《へんりん》しか見せていないのは確かです。第一剣術部が相手となれば力の一部を使うでしょうが……止めるなら早いほうがいいですよ)」

プレイヤーなら強力なプレイヤースキルをいくつも持っているはずだけど、そんなものは1つも見せていない。しかしながら第一剣術部の全員と戦うとなれば何らかのスキルは使わざるを得ないだろう。そのときのスキルや立ち回りを見ればプレイヤーだったときのジョブや戦術スタイルを推測することは可能ではある。

様子見することで情報は集まるだろうが月嶋君はプレイヤーである。この世界の人々が考えるような常識的範疇《はんちゅう》にいない。

仮に最上級ジョブの召喚獣を呼び出した場合、目にしただけでこの場にいる全員が危険な状況に陥《おちい》ることだってありうる。そんなものを召喚するとは思えないが月嶋君が何を考えているのか分からない以上、被害《ひがい》も予想できないのだ。ならば生徒会長の権限を利用してでも早めに止めたほうが無難だろう。もちろん止められればだが。

「(あれでも実力を出していないとはな。月嶋が止まるとは思えないが、まずは私が行くとしよう)」

眼下では殺気立った部員の数人が《オーラ》を放って次々に剣を抜いており、イグニスも召喚主を守るように前に立って唸《うな》り声を上げている。このまま見ているだけなら間もなく戦闘に突入《とつにゅう》するだろう。そこへ相良が威厳《いげん》のある大きな声を上げて割り込む。

「そこまでだ。立会人に代わり生徒会長である私がこの決闘を差配する。勝者は月嶋。見事であった」

「し、しかし相良様！　こやつはこの神聖な闘技場《とうぎじょう》にモンスターを呼び寄せ、さらには貴族である我々を――」

勝者である月嶋君を称《たた》える相良に部員達が一斉に食《く》って掛かる。そんな裁定を受け入れるつもりはない、足利が負けたことは絶対に認められない、などと言って誰一人《だれひとり》として剣をしまわないが、正直第一剣術部はどうでもいい。問題は月嶋君に止まる気があるかだ。

「ごちゃごちゃとうるせぇ。こいつらを始末した後はそこで高みの見物をしてるお前らの番だ。この場にいる奴は誰一人《だれひとり》逃《に》がすつもりはねぇから覚悟《かくご》しておけよ」

あろうことか八龍にまで喧嘩を売ってきたか。それを受けて館花や一色あたりは逆上し飛びかかっていく――と思いきや、鋭い目つきで見返しているだけ。いたって冷静なその様子に少しだけ安堵《あんど》する。乱戦になんてなってしまえば手が付けられなくなるからな。

（しかし思っていた通り、悪い方向へ事が進んでいくな）

月嶋君は八龍とも戦うつもりでいるようだが、学校の秩序《ちつじょ》を壊《こわ》してまで何を狙っているのか皆目《かいもく》見当がつかない。

八龍の怖《こわ》さは個や派閥《はばつ》としての強さだけではない。国政にも影響《えいきょう》を与えるほどの大貴族の嫡男《ちゃくなん》嫡女ばかりで、やろうと思えば日本を代表するような武装集団、暗殺組織をも動かすことも可能だ。そんなのと対立すれば必ず周囲を巻き込む。

たとえ一時的に退けられたとしても貴族システムを採用する日本で貴族と敵対すれば平穏《へいおん》とは程遠《ほどとお》い生活を余儀《よぎ》なくされる。だからこそ俺はゲーム知識というとんでもないチートを持ちながらも、できるだけ目立たないようにしていたわけだが……その状況になってもかまわないほどの何かがこの場にあるのだろうか。

すでにゲームストーリーからは大きく逸《そ》れてしまっているが、それでも八龍さえ存続するならまだ望みはある。天摩さんや久我さんを救うためにも、迫りくる厄災《やくさい》から多くの人達を守るためにも、そしてカヲルが無事ヒロインとなって一流冒険者《ぼうけんしゃ》となる夢を掴《つか》み取るためにも、これ以上好き勝手に壊させるわけにはいかない。

――と奮い立とうとするものの、すぐ向こうで顔を紅潮させ恍惚《こうこつ》の表情になっている世良さんが視界に入り、げんなりしてしまう……はぁ。

「(成海はまだ行くな。私が奴の力を引き出してみせるから対策に役立ててもらいたい)」

「(さ、相良様……それならわたくしも――)」

「(楠《くすのき》は我らでも止められぬときの保険だ。そのときはお前が外部に連絡《れんらく》し指揮を執れ)」

そう言うと相良は金色に光る生徒会長バッジをキララちゃんに託《たく》し、革製《かわせい》のグローブを手早く着けて戦闘の準備を急ぐ。身を挺《てい》してまで俺に情報を集めさせるとは見上げた根性《こんじょう》である。

「（分かりました会長。だけど危なくなれば勝手に割り込ませていただきます）」

「（……ああ。よろしく頼《たの》む）」


白いローブに身を包んだ相良は軽く頷《うなず》いてから観客席から飛び降りる。そして月嶋君と第一剣術部の双方を眼鏡越《ご》しの鋭《するど》い目で睥睨《へいげい》して静かに怒気《どき》を放つ。

「私の指示に従わぬなら容赦《ようしゃ》はせんぞ」

戦闘モードの生徒会長を見て顔色を悪くする第一剣術部の部員達。ゲームでは暗愚《あんぐ》かつ無能という散々な評価であった相良だが、少なくとも聡明《そうめい》な人物ではあるようだ。勇気もある。なら肝心《かんじん》の強さの方はどうなのか。

遠慮《えんりょ》なくその戦いを見させてもらおう。

第12章 ✦ 金色の光

「おいおい……雑魚《ざこ》が前に出てきてどうすんだ。裏に誰か待機させてんのか？」

生徒会長である相良が闘技場に降り立ち、第一剣術部と月嶋君の双方を睨《にら》む。その姿を見た月嶋君は怪訝《けげん》な表情で視線だけを動かし周囲を探《さぐ》る。

ダンエクでの相良は〝権威《けんい》を笠《かさ》に着た無能なお飾《かざ》り生徒会長〟もしくは〝次期生徒会長である世良桔梗《ききょう》の引き立て役〟という低い評価であった。そんな人物が一人で前に出てきたのは、どこかに配下を忍《しの》ばせて隙《すき》を窺《うかが》っているから、と考えるのも無理はない。

ぱっと見の相良は愛想《あいそ》が悪く尊大で、一般《いっぱん》市民を見下す典型的な貴族のように見える。だがキララちゃんから聞いた人物評はこの上なく良いし、サツキや立木君の情報によれば十年に一人の天才で、冒険者学校において最強などと言われていた。実際に俺が接した限りでも実直で公平な人物だと評価できる。この点においてゲームの情報は当てにすべきではないだろう。

そんな予期せぬ展開に八龍達《はちりゅうたち》の反応もそれぞれだ。

「会長自らが相手するとはねェ……あの1年は想像以上の強さだったし、この戦いは楽しみですョ」

「魔法戦、接近戦を問わずハイレベルで行える上に、魔獣《まじゅう》を呼び出す未知の呪術《じゅじゅつ》……八龍《はちりゅう》の幹部クラスでは対等に戦える者がいるかどうか」

宝来が舌なめずりをしながら楽しみだとつぶやくと、一色は能面のような無表情で月嶋君を見つめてその可能性に着目する。決闘開始前までは柔《やわ》らかい笑《え》みを浮かべるふんわり系お姉さんだったのに別人のようである。一方の館花は手塩にかけて育て上げた足利がボロボロにされ怒り心頭――などではなく、楽しげな表情だ。

「確かに足利はあの1年にてんで対応できなかったのには驚《おどろ》いたが、相手はあの相良だぞ。あいつとは何度か拳《こぶし》を交えたことがあるが別格だ。勝負になんかならねぇだろ」

「――いいえ。あのお方が曾祖母様の予言された勇者様なら、たとえ相手が相良様であっても……勝ちます」

「あん？　【聖女】の予言だと？」

相良の勝利を確信する館花に、口元で祈《いの》るように手を組んだ世良さんが反論する。その根拠《こんきょ》として持ち出したのは【聖女】の予言。この日本においてその予言は、世良さんの持つ魔眼《まがん》《天眼通《てんげんつう》》以上に絶対的な未来視の手段として重宝されているため、館花でも無視することはできないようだ。

だけど勇者が月嶋君というのは恐らく勘違いだ。本当に勇者であるならゲームでの赤城君を見たときのように、勇者さながらの戦いや出来事が見えるはずだからだ。

仮に百歩譲《ゆず》って勇者であったとしても負けることなんて普通《ふつう》にある――などと今の世良さんに言えば嫌《きら》われるのは間違いない。

それよりもその向こう。反対側の観客席で周防とリサ、カヲルがあれこれと話し合っている姿が目に入る。何を話しているのかとても気になってしまうじゃないか。

あの３人はここにくる前に月嶋君の何かを見たはずだ。それが何なのか。そして身振《みぶ》り手振《てぶ》り動かし興奮した周防が馴《な》れ馴れしくカヲルの隣《となり》に座《すわ》って話しかけているので、さっきからブタオマインドが激しく反応してしまう。闘技場エリアでは相良と月嶋君がまさに一触即発《いっしょくそくはつ》となっており、いつ戦いが始まってもおかしくない状況。気を取られている場合ではないというのに。

「お前達、私には正当な理由があれば退学にする権限がある。そのことは知っているか」

生徒会長には生徒を退学にできる権限が与えられている、と睨《にら》みを利《き》かす相良。正確には学校運営に対し特定生徒の退学を直訴《じきそ》する権限に過ぎないが、それでも審議《しんぎ》にかけられるというだけで生徒に対し絶大な影響力《えいきょうりょく》を与えられるのも確かだ。生徒会が八龍内で最高の権力を持つというのもこの権限の存在が大きい。

月嶋君を罵倒《ばとう》し《オーラ》まで放っていた第一剣術部は〝退学〟と聞いて一斉に押《お》し黙《だま》る。名誉《めいよ》と世評を気にする貴族達にこの退学カードがよく効くというのは分かっていたが、月嶋君は止まる気などさらさらないようで笑みを濃《こ》くするだけ。やはり効かないか。

「実力ではなく権力に縋《すが》るとはつくづく情けねぇ野郎だ。だがこの場からは誰一人として出さねぇ。その権限を行使したけりゃオレを倒《たお》していくことだな――イグニス！」

「グルゥウゥ……」

名前が呼ばれるとイグニスは裂《さ》けた口に炎の息吹《いぶき》を宿し、嘲笑《あざわら》うかのように唸り声を上げて前に出てくる。太い尻尾が勢いよく床《ゆか》に叩きつけられると第一剣術部の何人かは怯《ひる》んだように一歩後退し、慌《あわ》てて刀を構える。

鋭い牙《きば》に筋肉隆々《りゆうりゆう》の体躯《たいく》、爬虫類《はちゆうるい》特有のトカゲ目で睨むその姿は、先ほど足利を倒したスキルも相まってフロアボスのように強く見えるが、単体だけでみれば第一剣術部の部員とそれほど力の差はないはず。しかし月嶋君との連携により長所が活《い》かされ何倍にも強くなっているのは確かだ。あの立ち回りから察するにダンエクでも召喚獣を使った戦闘をやり込んでいたに違いない。

相良は引く様子がない月嶋君を見ると軽く息を吐き、覚悟を決めたように向き直る。

「引かぬか。ならば貴様を粛清《しゅくせい》する。第一剣術部は下がれ」

「お前一人で大丈夫《だいじょうぶ》なのか？　クック……」

「グルゥ……ォオォー！」

権力に縋《すが》るだけの無能など召喚獣だけで十分と思ったのだろう、左手はポケットに突《つ》っ込んだまま右手で「行け」と合図を飛ばす。その指示を待っていたイグニスは弾丸《だんがん》のように駆け出し、巨大《きょだい》な拳を振《ふ》りかぶる。が――

「グォッ――？」

――ドンッ!!

それ以上の驚異的《きょういてき》な加速力で飛び出す相良。一瞬《いっしゅん》で間合いが詰《つ》まり反応できないイグニスの横っ腹に掌底《しょうてい》が放たれると空気が震え、衝撃音が響く。

イグニスはそのまま弾《はじ》かれるように後方にぶっ飛ぶが、相良は再び加速して追いつくと頭部を掴み、ミスリル合金でできた床に勢いよく叩きつけてしまう。20mほど離れた観客席まで振動《しんどう》が伝わってきたのでかなりの衝撃《しょうげき》だったことが窺《うかが》える。

それが致命傷《ちめいしょう》となったのか、イグニスは突っ伏《ぷ》したまま魔力が霧散《むさん》し、掻《か》き消えてしまった。

これにはさすがに驚いたのか月嶋君が目を見開いている。俺もちびりそう――驚くほかない。耐久力《たいきゅうりょく》は同レベルの冒険者よりも高い召喚獣だというのにあれだけで瞬殺《しゅんさつ》してしまうとは。単なる体術ではないな。

「……てめぇ。今のは何だ」

「見ての通りだ。私は足利と違って呼び出す猶予《ゆうよ》など与えんぞ」

相良は裾《すそ》についたホコリを軽く払《はら》うと大きく左足を前に出し、今度はちゃんとした構えを取る。ローブ姿にワンドを持っているのでてっきり魔法弾を撃ち合うのかと思っていたけど、近接格闘《かくとう》スタイルなのか。しかしさっきの攻撃は何だったのだ。

「地面を蹴る際、掌底を放つ際に特定の部位に魔力を放出して大きな力を得る、相良家に伝わる一子相伝の魔《ま》法格闘《ほうかくとう》術ですわ。誰も真似《まね》できませんの」

「あんなの危なくてできないョ。理屈《りくつ》では分かっていても付け焼刃《やきば》では事故になるだけだし。中国では似たような使い手が複数いるって聞くけど、日本では相良家だけだねェ」

今のは既存《きそん》の格闘スキルを変則的に使用したものだと思ったが、キララちゃんによれば部分的に魔力を放出して大きな反発力を得る、魔力操作の類だと言う。また宝来によれば肉体にかかる負荷《ふか》が大きく、魔力操作を誤れば手足が簡単に使い物にならなくなるという危険な技らしい。小さなときから人道的ではない命がけの稽古《けいこ》を積み重ねていたはずだと推測する。

ダンエクでも肉体や武器に魔力を纏《まと》わせて攻撃強化するスキルはいくつかあるが、相良は精密な魔力操作で攻撃だけでなく防御や移動にまで発展させている。これは早々にプレイヤースキルを解放しなければ月嶋君でも負けてしまうかもしれないぞ。

「ゲーム知識でも当てにならないこともある……ということか。足利じゃあウォームアップにすらならなかったが、お前なら不足は無さそうだな」

月嶋君は不敵な笑みを浮かべながらそう言うと、ワンドを腰《こし》にしまい重心を下げて迎《むか》え撃つ構えを取る。同時にうっすらとした青い魔力が立ち上り全身を包む。

あれは【モンク】が覚える《チャクラ》か。全身に魔力の障壁《しょうへき》を張り、攻撃力《こうげきりょく》と防御力を高めるバフスキルだ。召喚以外では格闘関連のスキルをスキル枠《わく》に入れていると見ていいだろう。

一方で相良の凄《すさ》まじい格闘術を見た上でも近接戦闘を挑《いど》む月嶋君に、観客席からどよめきの声が上がっている。第一剣術部の声には嘲笑《ちょうしょう》が含《ふく》まれているが、八龍達は素直《すなお》に感心しているようだ。

互《たが》いに構えながら睨み合い、時が止まったかのように静まり返る。緊迫《きんぱく》した場により空気がますます重くなり——

最初に均衡《きんこう》を破ったのは相良だ。

イグニスを倒したときと同じ加速で、風を切り裂くような正拳突《せいけんづ》きを放つ。対して月嶋君は体を横にずらして躱し、カウンターの裏拳《うらけん》を浴びせる。蹴りを交え数発ずつ打ち合い、そのたびに魔力同士がぶつかって低い破裂音《はれつおん》が響き渡《わた》る。

格闘戦だけでは終わらない。間合いが少しでも離《はな》れれば魔法弾が飛び交《か》い、その弾道《だんどう》を掻《か》い潜《くぐ》りながら熾烈《しれつ》な乱打戦へと切れ目なく移行する。

「……マジかよ。相良の魔法格闘とまともにやり合える奴《やつ》がいるとは、こりゃ足利ごときじゃ相手にならねーわけだ」

「魔力の流れが似ていますね……あの1年生も独自の魔法格闘術を構築しているのでしょうか」

「見たこともない新スキルかもしれないョ。でもパワーは相良君のほうが上のようだネ」

眼下で行われている格闘戦に前のめりになりながら月嶋君を称える館花。一色は相良と同様の技術を行っているのではないかと目を凝《こ》らしているが、あれは魔力操作などではない。宝来の言うように【モンク】のスキルを使って打ち合っているのだ。

しかし【モンク】は一般的には知られていない隠匿《いんとく》ジョブ。情報が全くない上に、相良の魔力と流れが似ているため区別できないのだろう。

それでも三者が揃《そろ》って口にするのは「相良とやり合えている月嶋君が凄《すご》い」ということ。天才と呼ばれ冒険者学校で長らく最強を欲《ほ》しいままにしていた相良と互角《ごかく》というなら、それはもう八龍と並ぶかそれ以上の実力者だといっても過言ではない、と称賛《しょうさん》する。だけど俺から言わせれば、相良とやり合える月嶋君が凄いというより――

（月嶋君とやり合えている相良が凄いのではないか？）

プレイヤー《プレイヤー》とは強大な魔獣を山ほど倒し、対人戦闘だって何千何万と経験してきた、ダンエクでもトップに君臨する猛者達《もさたち》である。そうでなければこちらの世界に来るきっかけとなったあの酷いイベントを乗り越《こ》えることなんて叶《かな》わないからだ。

リサにしろアーサーにしろその戦闘《せんとうぎ》技術は紛《まぎ》れもなくダンエクでもトップに位置するし、無論俺とてその自負はある。

では月嶋君はどうか。俺から見ても格闘《かくとう》技術は非常に高く、定石通り忠実に立ち回ることができている。一つひとつの攻撃や防御が洗練されており間違いなくダンエクの格闘術使い、それも相当な実力者だ。そんなプレイヤーと互角以上に渡り合う相良のほうこそ称賛されるべきだろう。

学生同士の決闘の域を遥《はる》かに超《こ》えたその戦いに、ある者は恐《おそ》れおののき、あるいは目を輝《かがや》かせる。だが例外なく誰もが食い入るように驚きをもって見つめている。

「喰らいっ……やがれぇぇっ！　《気功拳》!!」

「ふんっ!!」

月嶋君が魔力を爆発《ばくはつ》させて右腕《みぎうで》をねじ込むようにスキルを発動させると、相良も呼応するかのように渾身《こんしん》の正拳突きで迎え撃ち、拳と拳が激突《げきとつ》する。多量の魔力がぶつかったことで、つんざくような轟音《ごうおん》が鳴り響き、遅れて旋風《せんぷう》のような衝撃波《しょうげきは》が届いてきた。

「ぐぅ……」

月嶋君が体勢を崩していることから、どうやら相良に軍配が上がったようだ。間髪《かんはつ》をいれずに放たれた相良の回し蹴りはガードできたものの、乱打戦になりかけたため月嶋君は自分から大きく後退して距離《きょり》を取った。

相良は無理に追いかけるようなことはせず、魔力を練りつつ冷たい目で見据えている。

今の大技《おおわざ》同士のぶつかり合いでは月嶋君の魔力の大きさから一瞬で攻撃力を推察し、確実に上回れるように魔力出力を上げて威力《いりょく》を調節していた。瞬時の判断力、洞察力《どうさつりょく》まで備えているとは、これまでどんな人生を歩んできたのかを考えると恐ろしさすら感じる。

「はぁ……はっはっ……八龍くらいは楽に勝てると踏《ふ》んでいたんだが、そうは甘《あま》くはねぇか……」

「勇者様！　腕をお見せくださいっ！」

血相を変えた世良さんが観客席から飛び降りて腕の治療《ちりょう》を施《ほどこ》そうと駆け寄るが、それを手で制止する。

「下がっていろ、この程度どうってことねぇ。このままお前と戦い続けるってのも楽しそうだがオレにも都合がある。そろそろメインイベントに移行させてもらうぜ」

「……なんだと」

月嶋君は血が滴《したた》り腫《は》れあがった腕を上に掲《かか》げると、見る見るうちに元通りの腕に戻っていく。直後、金色の光が降り注ぎ、周囲をキラキラと明るく照らしだした。回復スキル……いや、あの光は腕を回復させたものと別のものだ。何のスキルだったか思い出していると——突然《とつぜん》、相良が苦しげな表情で膝《ひざ》をついた。

毒か……いや、そのようなスキルエフェクトは見当たらない。原因はあの光だろう。

「なんだ？　体が勝手に震《ふる》えるぞ……ぐっ」

「……うぅ……魔力《まりょく》が、吸い取られて……これはエリア攻撃を仕掛《しか》けられていますわ」

顔色を悪くした館花が自分の震える手を見ながら体調の異変に気付き、すぐ隣にいたキララちゃんまで呼吸を荒くして胸を押さえている。

あの金色の光には直接浴びなくても見ただけで精神に異常を及《およ》ぼす効果があるようだが、

向こうに座るカヲル達《たち》には変化が見られない。効果に指向性があるのか、またはあの3人には対策アイテムを持たせているのか。どちらなのかは、あの光が何のスキルなのか分からないので確証が持てない。

(もしかしたら〝固有スキル〟かもしれないな)

キララちゃんの言う通りMP《魔力量》が低下しているなら、恐怖心《きょうふしん》を植え付ける《テラー》を受けた時と同様の症状《しょうじょう》だ。しかし《テラー》は赤黒い魔力が放射状に拡散するスキルエフェクトだったはず。

俺《おれ》も全てのスキルを把握《はあく》しているわけではないので断定はできないが、あの光はプレイヤーが覚えられるようなスキルではなく、世良さんの魔眼のような固有スキルによるものの可能性が高い。それならば俺が知らないのも納得《なっとく》がいく。

いずれにせよ精神攻撃に対しては対策アイテムを持つか、余程《よほど》の高レベルでもなければ防ぐことはできない。しかも一度決まってしまえば致命的《ちめいてき》な状態に陥るものばかりなので厄介《やっかい》だ。《テラー》にしても超格上《ちょうかくうえ》の《オーラ》を浴びたように一瞬で恐慌《きょうこう》状態となり、戦闘《せんとう》意思も意欲も砕《くだ》け散ってしまう。そうなれば敗北は免れないだろう。

「ではお前らの〝支配〟に移る。歯向かう気持ちを根こそぎ打ち砕き、隷属《れいぞく》させてやろう」

「くっ……うぉおおおおお!」

脂汗《あぶらあせ》を流し青ざめた顔の相良は気力を振り絞《しぼ》って正拳突きを放つが、先ほどまでの力強さや動きのキレはどこにもない。簡単に躱された挙句、カウンターのボディブローからのコンボを喰らってぶっ飛ばされてしまった。魔力操作が上手《うま》くいっていないせいだ。

眼鏡は砕け、顔を腫らしながらも再び気力で立ち上がるけど、冷静に見てもう勝機は無いに等しい。精神攻撃は対策を持たない場合、どんな攻撃よりも効いてしまう。逆転はない。だとしても身を張ってたくさんの情報をもたらしてくれた。十分に役割を果したたといっていいだろう。相良にとってこの学校は守るべき大事なものなんだな。

「(楠《くすのき》さん。そろそろいきます)」

「(お、お待ちなさい……貴方《あなた》、あの光は平気なんですの？)」

「(俺に精神攻撃は効きませんので。あとその体調も時間を空ければ治りますから安心してください)」

精神攻撃《こうげき》の中では比《ひ》較的《かくてき》マイルド、かつ回復可能な部類だったのでちょっとだけ安堵する。とはいえあの光を間近で浴び続けるのは悪影響《あくえいきょう》がありそうだ。今頃《いまごろ》相良は神か魔王《まおう》と対峙《たいじ》しているような感覚に陥っていることだろう。

「(それにしてもなんと恐ろしい。あれこそが隠《かく》していた力ですのね)」

「(いえ、まだ表面的な力の一部に過ぎません。恐らく、あの光の背後にあるモノが彼《かれ》の力の根源でしょう)」

「(……背後?)」

あれでもまだ力の一部に過ぎないと知ったキララちゃんは整った顔を強張《こわば》らせる。腕の回復、そして降り注ぐ金色の光。それらは同一のものからくる力だと何となく推測できた。もしかしたらカヲル達もそれを見たのかもしれないな。

(それじゃいくか。作戦が上手くいけばいいんだが……ん?)

作戦手順を脳裏《のうり》に浮《う》かべながら、いざ闘技場エリアに飛び降りようとすると、向こうからも誰かが飛び降りてくる姿が見えた。


「そこまでよ月嶋君。その力は使ってはいけない」

額から流れる血を拭《ぬぐ》おうともせず決死の表情で構える相良。その前に割《わ》り込《こ》み、かばうように手を広げて立つ女生徒がいた。先ほどまで楽しげな笑みを浮かべていた月嶋君の顔が歪《ゆが》む。

「……何故《なぜ》、出てきやがった」

すらりとしたあの立ち姿、サイドポニーの艶《あで》やかな髪《かみ》。まずいな、何をやるつもりだ。

第13章 ✦ そのずっと向こうにある目的

―― 早瀬《はやせ》カヲル視点 ――

「カヲル、オレと共に来い」

耳にピアスを着け髪《かみ》を染めた男子が、真っすぐに私を見つめる。クラスメイトの月嶋拓《つきしまたく》弥《や》君だ。ここ1ヶ月くらいは口癖《くちぐせ》のように「オレについて来い」と言ってくる。最初はパーティーメンバーに誘《さそ》っているだけかと思っていたけれど、どうやらそれだけでなく……交際したいとのことだ。

でも私は恋人《こいびと》を作る気はない。興味がないというよりも余裕がないといったほうが正しい。

死《し》に物狂《ものぐる》いでダンジョンダイブに挑戦《ちょうせん》し、へとへとになりながら家に帰っても深夜まで勉強をしなければならない。クラス昇格《しょうかく》には学力も重要になるため気を抜《ぬ》くわけにはいかないからだ。それに加え、最近はユウマ達と朝の稽古までしているため肉体もメンタルもギリギリ。とてもじゃないけど恋《こい》などしている余裕はない。

本当に強くなれるのだろうか、埋没《まいぼつ》してしまわないだろうか、と焦《あせ》り悩《なや》み続けている日々。それでも歯を食いしばり夢に向かって突き進《すす》む、私ができることはそれしかない。

そんな中で事は起こった。


いつも通り朝早くに登校しユウマやサクラコと剣《けん》を打ち合っていると、第二剣術部の部員に絡《から》まれ暴力沙汰《ざた》となってしまう。それだけならともかく、後から助けに入った月嶋君が第二剣術部の部員をまとめて倒してしまったのだ。第二とはいえレベル10を超える実力者達、それを一方的に。

月嶋君は授業を真面目に受けるでもなく、いつも繁華街《はんかがい》でふらふらと遊び歩いていたのでレベルは上がっていないものと思《おも》い込んでいた。だけどその実力はユウマはもちろん、クラスで飛びぬけて強い大宮さんをも凌駕《りょうが》する強さに見えた。

駆《か》けつけた第一剣術部の副部長と流れから決闘が決まってしまったのだけど、これは恐らく仕組まれたことだろう。第二剣術部を動かしていたのもこの人だ。それでも私を守ったことによって決闘が決まってしまったのは……責任を感じてしまい心苦しくもあった。

放課後、私は月嶋君を呼び出した。いくら第二剣術部を倒せたといっても、八龍と言われている第一剣術部は強さの次元も性質も違《ちが》う。一緒《いっしょ》に頭を下げに行くなり服従するなりして、どう決闘《けっとう》を回避《かいひ》すべきか意見交換《こうかん》をしたかったからだ。決めるのは早い方がいい。

そう思って問いかけてみれば、最初の一声で意外な答えが返ってくる。

「……あぁ、第一剣術部なんざ問題じゃねぇ」

……問題ではない？　第一剣術部がどれほどの強さなのか認識《にんしき》できていないのだろうか。

もしかしたら八龍の情報を全く持っていない可能性も考えられる。

「相手は八龍の一角と言われている大派閥《だいはばつ》、それも名の知れた剣士《けんし》の集団なの。レベルだって20を超えている部員もいるわ。だから――」

「オレが決闘を受けた目的は足利を倒すことじゃねぇ、そのずっと向こうにある」

「……どういう意味？」

目的はずっと向こうにあり、決闘はもののついでだと言う月嶋《つきしま》君。そのときの目はいつものような気だるげなものではなく、ギラギラとした野心的な目をしていた。危険なことを考えているのだろうか。

「その日にはカヲルも来い。そこでオレの本当の力と目的を教えてやる。会わせたい奴らもいるしな」

「本当の力と……目的？　何を言っているのか分からないわ」

「とにかく今はまだ準備ができてねぇんだ。ま、楽しみにしててくれよな」

私の肩《かた》をぽんぽんと叩《たた》き、話がかみ合わないまま踵《きびす》を返してしまう。言っていることはさっぱり理解できなかったけど、決闘を回避するつもりがないことだけは分かった。

ならば当日は私も同行し代わりに頭を下げにいく必要がある。原因となった私が誠意を込めて謝罪すれば月嶋君への暴力は最低限にしてくれるかもしれない。だけど相手は貴族様ばかり。厳しい追及《ついきゅう》は覚悟していかねばならないだろう。


そして問題の決闘当日。待ち遠しい日はなかなかやって来ないというのに、嫌《いや》だと思う日はすぐにやって来てしまう。重い感情を引きずるように待ち合わせ場所に向かって校内をとぼとぼと歩く。

（それにしても……静かすぎる。誰《だれ》もいないわ）

今歩いている通りは比較的人気《ひとけ》の少ない場所なのだけど、それでもいつもなら何人かの生徒は歩いている時間帯だ。不思議に思いながらも酷く静まり返った通りをゆっくりと歩いていく。しばらく進むとポケットに手をつっこんで気だるそうにしている見知った男子が見えてきた。

「来たか、カヲル」

「おはよう、月嶋君」

決闘前だというのに防具は着ておらず制服姿のまま。私も誠意ある謝罪をするために制服を着ているのだけど……それよりも月嶋君の隣にいる男女がとても気になってしまう。

「この方ですか。さすがは拓弥さんが選んだだけあって品のある美しい女性ですね」

一人は長い髪をそよ風に揺《ゆ》らして微笑《ほほえ》む男子。冒険者学校1年においてはトップクラスの実力者でありBクラスのリーダー、周防皇紀《すおうこうき》だ。学年首席と幾度《いくど》も争ってきた経歴は同学年の間では有名な話。だけどどうしてここにいるのだろう。

そしてもう一人。

「こんにちは〜早瀬さん」

にこりと微笑んでいる新田利沙《にったりさ》だ。五教科の成績はナオトをも上回るEクラストップ。強さでも大宮さんと遜色《そんしょく》なく、その上、独特な剣技を持つ超《ちょう》ハイスペックな女子。

クラス対抗戦《たいこうせん》が終わるまでは勉強以外目立ったものはなかった、というよりも実力を隠していたのだろうけど、今ではEクラスと言われて違和感《いわかん》しかないほどに飛びぬけた人物、というのが私の彼女《かのじょ》への評価だ。

「これからはこの4人で潜《もぐ》るということでしょうか。腕《うで》が鳴りますね」

「まだでしょ〜？　まずは早瀬さんに話をして意思確認《かくにん》しないと」

「そうでした、これは失礼を」

何を言っているのか話の内容が全く見えてこない。この３人全員が只者《ただもの》ではないということだけは分かるのだけど……説明を求めるように月嶋君へ視線を移す。

「こいつらはオレが構想しているパーティーメンバー。もちろんカヲルも含めてだ」

「……私なんて何の役にも立たないと思うけど」

「だからオレについてくれれば〝強さ〟を与《あた》えてやるって言っただろ……と言っても信じられないのも無理はねぇ。だから見せてやろうと思ってな」

強さを与える。第二剣術《けんじゅつ》部との揉《も》め事《ごと》が起きたときもそう言っていたけれど、何を見せられるのか興味よりも警戒心《けいかいしん》が湧《わ》いてしまう。

「皇紀《こうき》、準備はできているか」

「すでに人避《よ》けは発動させていますよ、拓弥さん。あれを顕現《けんげん》させるのですね」

「おっ、さすがはおっ金もっち〜♪」

先ほどから誰も通らなかったのは人避けの魔導具を使っていたからだと言う。密会など人目に触《ふ》れたくないときには便利な魔導具なのだけど、１回発動させるたびに数百万円ほどの金額が飛ぶので庶民《しょみん》には縁《えん》のないものだ。そんな魔導具を惜《お》しげもなく使用するなんてさすがはお金持ち、と新田さんが揶揄《やゆ》している。

それを誉《ほ》め言葉と受け取った周防君は機嫌《きげん》良さそうにウィンクして「気をしっかり持ってくださいね、本当に凄いので」と忠告してくる。どうやら周防君だけは月嶋君の力とやらを見たことがあるようだ。

一体どんなマジックアイテムを持ち出してくるのかと心の中で身構えていると、月嶋君はただ右腕を真上に掲げて何かをつぶやき始めた。ここはマジックフィールドの外だというのにスキルなんて使えるはずが――

「よく見ておけよカヲル。これが……神の力だ」

いきなり暗くなった、いや明るくなったと言うべきか。晴れていた空はいつの間にか分厚い雲に包まれて薄暗《うすぐら》くなっており、上空10mほどの位置に金色に縁取《ふちど》られた巨大な円環《えんかん》魔法陣《まほうじん》が強烈《きょうれつ》な光を放ちながら浮き出てきた。複雑な文様がびっしりと描《えが》かれて目まぐるしく動いている。あまりにも濃密《のうみつ》かつ異質な魔力に驚きの声もでない。

「世界を総《す》べるオレの力よ！　降りてこい、戦女神《ヴァルキュリア・スクルド》!!」

膨大《ぼうだい》の魔力が魔《ま》法陣《ほうじん》に満ちると金色の光が降り注ぎ、最初に見えたのは防具に覆《おお》われたつま先、次に両足が見えてやがて全体の姿が現れる。それは人間離《ばな》れした美貌《びぼう》の女性だった。

（……て、天使様？）

輝く金色の長い髪と、緻密《ちみつ》な細工が施された重装備の鎧《よろい》。背中からは２本の光の筋が翼《つばさ》のように揺らめいており、目鼻を隠すマスクをしているせいで顔の表情は見えないけど、神々《こうごう》しさは露《つゆ》ほども隠せていない。天使様がいるとしたらこんな感じではないだろうか。

ゆっくりと地面に降り立つと背中の光の筋は収束し、月嶋君の前に膝をついて頭を下げる。彼女の周りには今も後光が差しているように照らされており、その光に当てられていると力が沸《わ》き立つ感覚に襲《おそ》われる。

「召喚《しょうかん》主に味方する者の能力値を上昇《じょうしょう》させるスキルだそうです、素晴《すば》らしいでしょう？　活力が漲《みなぎ》ってきます」

「戦女神《ヴァルキュリア》シリーズでも最上位の〝スクルド〟召喚とは、これはまた凄いのを出してきたわね～」

周防君が自分の手の平を見ながら沸き立つ力に目を輝かせているが、実際に狩《か》り効率を格段に上げるようで信じられないほどの一撃《いちげき》を繰《く》り出せたと言う。逆にこの光を敵性の者が浴びると〝恐怖《きょうふ》〟と〝畏怖《いふ》〟に包まれ精神が衰弱《すいじゃく》するという恐ろしい説明も付け加える。

一方で天使様を見て新田さんが「最高位クラスの召喚魔法《しょうかんまほう》」だと驚き喜んでいるけど……つまりはスキルでこの戦乙女《いくさおとめ》を呼び出したということだろうか。

（こんな魔法《まほう》があるだなんて。それにしても……す、凄い魔力）

見た目は人間。でも明らかに人間ではないナニカ。私は魔力を感じ取る力が強い方ではないけれど、それでも体内に恐ろしいほど濃密な魔力が渦巻《うずま》いているのは分かる。３人はこの超越的《ちょうえつてき》な存在を前にして平然と会話をしているというのに、情けなくも私一人だけ膝が震え崩《くず》れ落ちそうになってしまっている。

マジックフィールド外での魔力使用。召喚魔法という未知なるスキル。それらは私のダンジョン知識と常識から大きく逸脱《いつだつ》するものばかりだけど、今このときに聞いておきたいことは別にある。足に力をぐっと入れて何とか堪《こら》え、声が裏返らないよう月嶋君に問いかける。

「……どうして、今になってこの力を見せてくれたのかしら」

「あぁ、これまでは弱体化によるスキル制限がかかっていたからな。ようやく解除できたのが数日前のことだ。今のスクルドはこの世界の人間が束になっても勝てやしねぇ無敵の存在なんだぜ」

「例の〝絶対防御《ぼうぎょ》スキル〟ですね」

世界の誰も倒しえない無敵の存在……絶対防御スキル。それはどういうものなのかとスクルドに注目するものの、その本人は優雅《ゆうが》に立ち上がり前方を静かに見つめているだけ。

私には全く関心がないようで顔は向けず、一言も発しない。

「一度試《ため》しにスクルドさんにスキルを撃《う》ち込ませていただきましたが……私程度の攻撃ではダメージはおろか傷一つ与えることはできませんでした。最強フロアボスと呼ばれている〝狂王リッチ〟の大魔法でも防御を突破《とっぱ》することは無理でしょうね」

「スクルドの防御力《ぼうぎょりょく》は召喚魔法の中でも最高クラスだし～、大抵《たいてい》の攻撃は無効化してしまうのよね」

ついさっきまで第一剣術部の許しを請《こ》うべくどうやって月嶋君を説得しようか、それ以前に頭を下げたところで許してもらえるだろうかと不安でいっぱいだったのだけど、こんな常識外の力を使えるとなれば話は180度変わる。

恐ろしいほどの魔力が込められた重装備、能力上昇と呪《のろ》い、絶対防御スキル。持っている力はそれだけではないだろう。この存在を前にすれば第一剣術部をわけもなく倒してしまうことくらい容易に想像できる。でもそれは子供の喧嘩《けんか》に銃《じゅう》を持ち出すようなもの。これほどの力を何のために使用するつもりなのか聞かねばならない。

「そんな……強力な召喚魔法を使ってまで、月嶋君は何をするつもりなの？　第一剣術部との決闘には明らかに過剰《かじょう》すぎる力だと思うけど」

私の質問に月嶋君は魔力を込めた拳をぐっと握《にぎ》って撃ちだす構えをする。その口から出てきたのは思いもしない答えだった。

「第一剣術部を倒すだけならスクルドの成長を待つ必要なんかねぇ、この拳だけで十分事足りる。オレの狙《ねら》いは別の奴だ」

「……別の？」

「拓弥さんや利沙さんと同じようにその人も神の力を持つようですよ、カヲルさん」

スクルド召喚のような特別で強力な異能――神の力。信じがたいことに新田さんにもその力が宿っているという。入学してしばらくそんな存在は二人だけしかいないと考えていたのだけど、他にも何人かいなければ説明できないことがいくつも起こったという。

「利沙を問い詰めてみれば……案の定そいつと組んでいたというわけだ。情報を言えないよう〝契約《けいやく》〟して縛《しば》られているともな。今日の決闘はそいつをおびき出し徹底的《てっていてき》に叩くための……餌《えさ》だ」

「出てくることは確定よ、冒険者《ぼうけんしゃ》学校の秩序《ちつじょ》を壊《こわ》されるのが我慢《がまん》ならないみたい。無理もないけどね～」

「クック……だろうな。精神攻撃は多少の対策くらいしてくるとは思うがその程度は織《お》り込み済み。オレとスクルドでボコボコにしてから対策アイテムを剥《は》ぎ取ってやれば、強引《ごういん》に精神支配まで持っていける。それでジ・エンドだ」

第一剣術部を倒し、次に出てくるであろう八龍《はちりゅう》まで倒そうとすれば、必ず問題の人物が出てくるという。八龍による秩序体制を守りたいというなら貴族様なのだろうか。

本当はもっと早くその人物に仕掛けたかったものの正体が掴《つか》めず、また容易に手出しできないほど強いというのでそれも叶わなかった。しかし力をつけて迎え撃つ準備が完全に整った今なら負ける要素はゼロ。完膚《かんぷ》なきまでに叩き潰《つぶ》し従属させてやると自信と野心を覗《のぞ》かせる。

「そいつの処理が終わったら……利沙、分かっているな」

「ええ、その暁《あかつき》には互いに裏切らないよう契約を身に刻みましょう……あの人は確かに強いけど組んでいても大人しすぎてつまらないもの。せっかくならもっと暴れられるパートナーがいいわ」

燃えるような野心を覗かせる月嶋君とは対照的に、凍《い》てつくような暗い眼差《まなざ》しをしている新田さんを見て思わずギョッとしてしまう。それに契約魔法《けいやくまほう》を身に刻むだなんて……

「と、いうことだカヲル。今日の戦いを見てオレ達についてくるか決めろ。利沙、皇紀、これが終わったら手始めにこの冒険者学校の支配に移る。八龍を片《かた》っ端《ぱし》から従えていくぞ」

「拓弥さんの強さを知らずに飛び込んでくるとは一体どんな間抜《まぬ》け面をしているのでしょうか。捕《つか》まえて晒《さら》し首にしてやりましょう」

「ふふっ、楽しみね～本当に」

決闘の開始時刻までもう間もなく。今頃、闘技場《とうぎじょう》には様々な思惑《おもわく》を持った者達が集まっていることだろう。

（どうすれば……状況《じょうきょう》を整理して考えないと……）

想像を遥かに超えた強大な力。思ってもみなかった決闘受諾《けっとうじゅだく》の理由。それらを整理しようにも頭がいっぱいとなり、私はその場で立ち尽《つ》くすことしかできなかった。

第14章 ✦ 序曲

―― 早瀬カヲル視点 ――

時間ギリギリになってしまったので足早に闘技場1番へ向かう。観客席には大勢の見物人がいるかと思って身構えていたのだけど、到着《とうちゃく》して中に入ってみれば席に座《すわ》っているのは十名にも満たず、静まり返っていた。

ただし座っている人物達は風貌《ふうぼう》や存在感が別格。恐らく八龍を率いるリーダー達だろう。《オーラ》も発していないというのに見られただけでその迫力《はくりょく》に気後《きおく》れしてしまい、ろくに目も向けられない。

蛇《へび》に睨《にら》まれた蛙《かえる》。それは私だけだったらしく、周防君はそんな視線を受けても涼《すず》しい笑《え》みを浮かべて平然と歩いている。

「それでは利沙《りさ》さん、カヲルさん。我らは上の席へ参りましょうか」

「そうね～早瀬さんも行きましょう。見学するだけして答えは保留してもいいのよ～？」

「……え、ええ。そうね」

本当はこんな場所から一刻も早く離れたい。けれどそうもいかない。平常心を取り戻《もど》すように大きく息を吸い、姿勢を正して周防君についていく。

月嶋君は私に〝強さ〟をくれると言った。そのためには彼が率いるパーティーに参加するということが条件。もし仮に加入したのなら機密情報を使ってパワーレベリングを行い、たちまちレベルが上がって強力なスキルをいくつも得られると誘ってくる。

隣《となり》に腰を掛《か》けた周防君はレベル20を超えた実力者で、新田さんにいたっては月嶋君と同じく〝神の力〟の持ち主。パーティーへの誘い文句は決して嘘《うそ》でも誇張《こちょう》でもないことは分かる。

確かに私は日々強くありたいと願っている。夢でうなされるほどに、喉《のど》から手が出るほどに強さを欲《ほっ》している。だけど月嶋君の言う〝強さ〟と、私の望む〝強さ〟の定義や意味が大きくかけ離れていることは問題だ。私が追い求めて焦《こ》がれる強さとは単に戦闘能力が高いことだけを意味するのではない。

強き冒険者は弱き者を導き、希望の光であらねばならない。強さと気高き心は必ずセットで併《あわ》せ持たねばならない。大きな力を行使するときは正しく愛あるものでなければならない。

それが一流冒険者であった亡《な》き母の理念であり、遺言《ゆいごん》であり、私の信念だ。冒険者を目指すのも、この学校で這《は》いつくばってしがみついているのも全てはその高みに到達《とうたつ》したいがため。

だけど、スクルドが使った金色の光は何もかもが違った。

試《ため》しに周防君、新田さん、私の３人で〝呪い〟となった金色の光を受けてみたのだけど、浴びた瞬間《しゅんかん》にあまりの恐怖で視界が暗転し、その場にへたり込んでしまった。気の遠くなるほどの長い苦痛体験であったと思っていたのに、わずか数秒の間だけだったと聞いて私は震えが止まらなかった。

体験して分かった。あれは人を根底から支配し屈服《くっぷく》させることに特化した力だ。そこに私の目指す強さなど欠片《かけら》もない。月嶋君はスクルドの力を悪用して何をしようとしているのか。冒険者学校を恐怖で支配し、その先に描くものとは何なのか。

それに隣に座っている二人の考えも気になる。

周防君は月嶋君の知識と力に心酔《しんすい》しているようだし、より強大な力を求めて手を組んだというなら一応は理解できる。でも新田さんはどうにもそこがぼやけているように思える。それなら直接聞いてみればいい。

「……新田さん。あなたも神の力を持っているというのに、どうして月嶋君と……いいえ。

どうして標的の人物から乗り換《か》えたのか聞いてもいいかしら」

これまでの話を聞いてみれば標的の人物は同じ神の力を持ち、新田さんも認めるほどに強いとのこと。にもかかわらず表舞台《おもてぶたい》には立っていない……少なくとも私は認知《にんち》できていない。このことから月嶋君のように力を是《これ》として周囲を動かそうとするタイプではなく、影《かげ》に徹《てつ》して慎重《しんちょう》に動くタイプだと推測できる。

一方の新田さんは頭の回転が速いし、周りをよく見て計算し、静かに動くタイプに思える。それなのにどうして力で学校を支配しようとする月嶋君についていこうとしているのか。標的の人物のほうが考え方や行動理念が合っているのではないか。月嶋君と同じく暴れたいというのは取って付けたような理由にしか聞こえないのだ。

その真相を聞こうと新田さんの目を見て問いかける。するといたずらっぽく微笑んで小声で答えくれた。

「ん～別にまだ乗り換えたわけではないわよ～？　強《し》いて言うなら……勝った方に付くつもり。あ、月嶋君には内緒《ないしょ》ね♪」

「ははっ利沙さん。それはつまり拓弥さんに付くことと同義ではないですか。内緒にする意味などない気がしますが」

「……ふふっ。この程度の相手に負けていては……――の名折れよね～。良い戦いになると面白《おもしろ》いのだけど難しそうかな～」

いまいち要領を得ない答えだったけど、両者の実力を知っている新田さんは月嶋君が圧《あっ》倒的《とうてき》に勝利すると踏んでいるようだ。本当に実力だけで選ぶつもりなのだろうか。

（やっぱり私がこの戦いを見届けて、酷いことにならないよう止めに入らなきゃ……でも）

はたして無力な私に止められるものなのか。どう説得すればいいのか。そんな勇気があるのか、などと答えのでない思考の海に沈《しず》みそうになったところで、ついに決闘が始まってしまった。


新たな召喚魔法イグニスを使って第一剣術部・副部長を事もなげに圧倒《あっとう》してしまった月嶋君。相手は剣術の腕もレベルも私達Eクラスの生徒とは比べ物にならないほど、それも八龍の片腕《かたうで》ともいえる実力者なのに……しかし、そこで驚《おどろ》いてはいられない。

眼下では冒険者学校最強と言われる生徒会長と壮絶《そうぜつ》な格闘《かくとう》戦を繰り広げているからだ。

風を切り裂《さ》きながら目まぐるしく攻防《こうぼう》が入れ替《か》わり、巨大《きょだい》な魔力と気力がぶつかり合う。一撃を繰り出すごとに空気が弾《はじ》け、座っているこちらまで低い衝撃音《しょうげきおん》と振動《しんどう》が響《ひび》いてくる。

はっきりいって冒険者学校の生徒がやる戦いではない。そんなものはとうに超えている。今すぐ一流攻略《こうりゃく》クランに入っても十分戦力として通用するのではないだろうか。

「あの生徒会長さん強いのねぇ。魔力操作と格闘《かくとう》技術が一級品だわ」

「相良会長は八龍筆頭、この学校の伝説とも言われるお方ですからね。武術のみで正面から倒《たお》そうとするなら苦労すると思われます。ですが――」

「スクルドがいるなら問題ないわね～ふふっ」

確かに私が見ても月嶋君が押《お》されているように見える。それは生徒会長のＳＴＲ《膂力》が高いことが原因だと思っていたのだけど、新田さんによれば魔力操作と格闘技術によるものらしい。今行われているのはそれほどまでに高度な戦いなのだ。

魔《ま》法弾《ほうだん》が飛び交《か》い、その中を縫《ぬ》うように動きながら乱打戦が続いていたものの、ついに均衡《きんこう》が破れるときがくる。

「喰《く》らいっ……やがれぇぇっ！　《気功拳《けん》》!!」

「ふんっ!!」

互《たが》いに魔力を爆発させて正面から渾身の一撃を撃ち合うと、空気が弾け、闘技場全体が細かく揺れる。その結果、月嶋君がよろめくように後退し、よく見れば手首があらぬ方向に折れ曲がっていた。

ボタボタと流血し痛みに一瞬《いっしゅん》だけ顔を歪めるものの、表情には随分《ずいぶん》と余裕《よゆう》がある。隣で話している二人も焦るようなことはなく、涼しい顔で話を続けている。それもそのはず、絶対に負けるわけがないという明確な根拠《こんきょ》があるからだ。

その根拠であるスクルドはこの戦闘中もダンジョン深層に控《ひか》えさせており、いつでも空間魔法を使ってこちらに影響《えいきょう》を行使することができるようにしている。この場に待機させず何故そんな回りくどいことをしているのかといえば〝召喚魔法は同時に一体〟までという制約の抜け道《みち》を作るためだそうだ。

月嶋君は血の滴《したた》る腕を掲げると、どこからともなく金色の光が降り注ぎ、傷がたちまち癒《い》えていく。加えて私があのとき味わったようにあらゆるステータスが上昇し、体の奥底《おくそこ》から力が湧き上がる全能感に包まれていることだろう。

一方で敵対する者には恐怖の呪いとなって襲い掛かる。直下で浴びてしまえば耐《た》えがたい恐怖により一瞬で心を砕かれて抗《あらが》うことは不可能。あの生徒会長も全身の自由が奪《うば》われ、意識が遠のき動くことすらままならないはず——そう思っていたのに。

（どうして……立ち上がれるの……？）

一度は崩れ落ちそうになるものの、歯を食いしばって恐怖の精神攻撃に抗い、拳まで繰り出した生徒会長。カウンターで簡単に返り討《う》ちとなってしまっているけど、実際あれを身をもって体験した私からすれば動けるだけでも凄《すご》いと思うのに、あの光の中で攻撃まで仕掛《しか》けるだなんて驚天動地《きょうてんどうち》の精神力だ。

「すぐにひれ伏《ふ》すと思っていましたが、さすがは相良会長。しぶといですね。MND《精神力》が高いのでしょうか。まぁそれも時間の問題でしょうけど」

「なまじ耐えたところで心の傷が深くなるだけね〜。でも八龍トップが屈《くっ》した姿は学校を支配する象徴的《しょうちょうてき》なシーンになるのかな〜？　ふふっ」

戦いは続いているけど一方的なものになってしまっている。攻撃速度は格闘戦を繰り広げていたときの半分かそれ以下。その半面、バフ効果により力が大幅《おおはば》に増している月嶋君は軽く振《ふ》り払《はら》っただけで生徒会長を楽々と壁《かべ》まで殴《なぐ》り飛ばしていく。先ほどまでの互角《ごかく》だった魔力《まりょく》放出に明らかな差がでている。

生徒会長は諦《あきら》めずに何度も攻撃を仕掛けるものの、全て反撃《はんげき》されて殴り飛ばされるせいで眼鏡が歪み、血は流れ、服もボロボロ。それでも眼光の鋭《するど》さはいささかも衰《おとろ》えていない。あの心を壊そうとする呪いの光を浴びても立ち向かっていく心を持つには、どれほどの修練と思いが必要なのだろうか。

しかしながらスクルドの力は絶大で、向かってくる敵は容赦《ようしゃ》なく無慈悲《むじひ》に押しつぶす。あんなに強い心の持ち主であっても支配されてしまうのは、もう時間の問題だ。

（それだけは絶対にさせたくない！）

そう思うと、私はいても立ってもいられず飛び出してしまっていた。


「そこまでよ月嶋君。その力は使ってはいけない」

「……何故、出てきやがった」

こちらを見る彼の目は憤怒《ふんど》に満ちている。時間をかけて計画してきたものを壊そうとしているのだから怒《おこ》るのも無理はない。

だけど私は月嶋君と敵対するつもりはない。もっとも、私程度が歯向かったところでかすり傷一つ負わせることは不可能だし、敵にすらなれないというのが正確なのだけど……でも、私に一度でも好意を寄せてくれたのなら少しは声が届くのではないかと期待したい。

「あなたは強いわ、きっと誰よりも。でも大きな力は正しく使わないといけない。だからその……支配とかそういうのは考え直して立派な冒険者になってほしいの。そうなれるよう一緒に目指しましょう?」

多くの人々の光となって期待を背負い、導くことのできる希望の冒険者。かつての私の母もそうだったし、今でいえば日本最大級の攻略クラン〝カラーズ〟の田里虎太郎《たさとこたろう》などがいい例だろう。

力ある冒険者は多くの人に希望を与えることができる。その資格がある。月嶋君ほどの力があるのなら、誰も倒すことができないというスクルドの力を良い方向に使えばきっとなれるはず。そう思って無理に笑みを作り、手を伸《の》ばすのだけど――

「んなくだらねぇものになるかよ……はぁ。せっかくこの世界の全てを支配する〝最強〟を見せてやったってのに。ここまで愚《おろ》かな女とは思わなかったぜ……」

最高の提案をしたつもりだったのだけど、くだらないものと一蹴《いっしゅう》されてしまい酷《ひど》く傷ついてしまう。それはおいておくにしても「世界の全てを支配する」って一体何を言っているのだろう。真意を探《さぐ》ろうと月嶋君の目を見てみると怒《いか》りの色から次第《しだい》に愉悦《ゆえつ》の色へと変わっていくのが分かった。

「オレのもとに来ないっていうなら……カヲル。お前も同様に支配してやろうか。今度はより長い苦痛を味わわせ、その愚かな考えを矯正《きょうせい》してやる」

腕を軽く上げたのを合図に、キラキラと優《やさ》しく降り注いでいた金色の光がだんだんと薄暗くなり、赤と黒が混じった絶望の光へと変わっていく。胸の奥底から冷たい恐怖がじわりと這い上がり、視界が端《はし》から狭《せば》まって意識が徐々《じょじょ》に遠のいていく。

砕《くだ》けそうな心を必死につなぎとめようとするけれど次から次へと亀裂《きれつ》が広がって、より深刻なものになり……収拾《しゅうしゅう》がつかなくなる。とてもじゃないけど耐えきれるものではない。

（ぁ……あぁ、私はなんて弱いの……）

生徒会長はこの絶望の光の中でも強い信念を持って何度でも立ち上がった。なのに私はほんの僅《わず》かな時間で何も見えなくなり、何も聞こえなくなってしまう。こんな体《てい》たらくでは母のような一流冒険者になるなんて夢のまた夢。諦めたほうがいいのだろうか――


――なれるさ。お前なら――


意識が遠のく中、酷く懐《なつ》かしい声が聞こえた気がした。きつく閉じた瞼《まぶた》をゆっくりと開いてみれば、すぐ目の前にローブを纏《まと》った細身の男性が立っていた。

存在感が薄《うす》く、仮面をしている上にローブを深く被《かぶ》っているので素顔《すがお》も分からない。だけどクラス対抗戦で助《すけ》っ人《と》に来てくれた少女と雰囲気《ふんいき》が似ている。この人が月嶋君の言っていた標的の人物だろうか。その恰好《かっこう》について心当たりがあるので詳《くわ》しく聞いてみたいけれど――今はそれどころではない。

「……に、逃《に》げて……あの人には、勝てないわ」

この決闘は標的《あなた》を誘い出すために計画されていたもの。背後に隠《かく》れているスクルドにい

たっては強力無比なスキルを多数持っており、倒すことも不可能。その上、負けてしまえば精神の奥底まで支配され隷属《れいぞく》することになる。

そうなればもう誰にも月嶋君を止められなくなってしまう気がする。この人にはここで負けてもらうわけにはいかない。

「クック……逃がさねぇぜ。プレイヤーでもこのスキルが使えるって知ってるか？」

月嶋君が人差し指を軽く上げるような仕草をすると軋《きし》むような大きな音が鳴り響き、視界が明滅《めいめつ》する。上空から大きな魔力が広がったことからスクルドが何らかのスキルを発動したようだ。

仮面の男は静かに上空を見渡《みわた》し、何事もなかったように向き直って首をコキリと鳴らす。

「空間はロックした。さて、ここで選ばせてやる。この場で契約魔法を身に刻んで服従を誓《ちか》うか、徹底的にボコられてから支配させられるか、だ」

『……』

不敵に笑う月嶋君が威圧《いあつ》するように夥《おびただ》しい魔力を放出すると、呼応するように仮面の男も高濃度《こうのうど》の魔力を張り付かせ、空気を一段と重くする。

（いけない……戦闘《せんとう》になってしまう。何としても止めなければ……）

震《ふる》えて力の出ない体を無理やりに起こし、もう一度「逃げて」と叫《さけ》ぼうとすると後ろから腕を引っ張ってくる人がいた。生徒会長だ。

「はぁ……大丈夫《だいじょうぶ》だ。あの男は絶対に負けない。我々は彼《かれ》の足を引っ張らないよう下がっていよう」

スクルドの力を知らないからそう言えるのだと反論しようとするけど、髪《かみ》が乱れ血を滴《したた》らせていてもその表情には、仮面の男の勝利を微塵《みじん》も疑っていないことが窺《うかが》い知れた。

「では、お前の選択《せんたく》を聞こう……答えろ」

上空から強大な存在が降りてこようとしている。周囲に過密な魔力が溢《あふ》れ、空気が細かく振動し始めた……スクルドをダンジョンから呼び寄せようとしているのだ。

対して仮面の男の真下には巨大な魔法陣が現れると、山のように武具が湧き上がってきて、あっという間に10m以上積み上がる。あの輝《かがや》きはミスリル合金製の武具だろうか。それらは意思を持ったようにくっついて合体し、段々と巨大な〝人の形〟になっていく。

そして声高らかに叫ぶ。

『イッツ……オシオキタイムだぜぇ!!』

第15章 ✦ それは想定内

「オシオキタイムだと？　クック、おもしれぇ……やってみせろよ」

無遠慮《ぶえんりょ》に挑発的《ちょうはつてき》な《オーラ》を振りまき、上空からはステータス異常を引き起こす赤黒い光を浴びせてくる〝月嶋《つきしま》〟。

俺《おれ》の背後では、幼馴染《おさななじみ》が涙《なみだ》で顔をぐしゃぐしゃにして打ちひしがれている。勇気を振り絞《しぼ》った説得は届かず、目指すべき理想の冒険者像を否定され、立ち向かうことのできない自分をただただ弱いと嘆《なげ》いている。

だけど、それは違う。

魑魅魍魎《ちみもうりょう》が集うこの闘技場に飛び込《こ》み、震えながらも決死の覚悟《かくご》で止めに入ったことは驚くほど強固な精神だし、その気高い心は称賛《しょうさん》されるべきこと。ダンエクヒロインであったときの強靱《きょうじん》なカヲルと比べても何一つ劣《おと》るものではなかった。

だからこそ泣き崩れて自分を責めている幼馴染の姿は、俺の心をキリキリと締《し》め付ける。苦しくなって叫びだしたくなる。内なるブタオマインドも、目の前にいる〝元凶《げんきょう》〟を叩きのめしてやれと雄叫《おたけ》びを上げており、二人分の怒りによって思考と視界が赤く染まってしまいそうになる。

（落ち着け……頭を冷やすんだ）

戦いにおいて表面上は熱くなったとしても、芯《しん》の部分はどこまでも冷徹《れいてつ》かつクレバーにいかねばならない。それこそが俺が培《つちか》ってきた戦闘勝率を上げる最良の方法なのだから。

目の前の男をより確実に叩きのめすためにも、行動原理を分析《ぶんせき》し現状を把握《はあく》したい。

最初にカヲルがこの闘技場に来た理由だが、仲間になったのではなく月嶋の暴走を止めることが目的だった。恐《おそ》らく決闘《けっとう》直前で計画の内容を聞かされでもしたのだろう。

真っすぐでストイックなカヲルが、暴力で学校を支配するなどという計画に乗るわけがない。月嶋はカヲルが好きだというならどうしてこの程度のことが分からないのだろうか。力を見せつければ靡《なび》くと思ったのか。計画の誘《さそ》いを断られてもあの不快な光を使って屈服させれば解決するなどと考えていたのなら……やはりきついオシオキをしなければならない。

それとは別に、月嶋の行動も疑問が多い。ゲームストーリーはプレイヤーにとって未来の出来事を予期できる絶対的なストロングポイント。〝どのイベントがどう起こるのか〟、だけでなく、〝経済〟や〝政治情勢〟すらも先読みし武器にすることができる。だというのにどうして自ら壊すようなことをするのか。

この決闘を仕組んだことも疑問だ。何故《なぜ》強引《ごういん》にプレイヤーを誘い出し戦おうとするのか。こちらの世界に来られるようなプレイヤーは、ダンエクにいた一般的《いっぱんてき》なプレイヤーとは違《ちが》う。ダンエクの頂点に君臨していたプレイヤー達《たち》だ。そんな相手と本気で戦うとなれば必ずリスクは降りかかる。たとえ俺のことを調べ上げ、勝てると踏《ふ》んでいたとしてもだ。

そも月嶋は俺の詳細《しょうさい》な情報を持っているとは思えないし、それ以前に俺がブタオだとすら分かっていない。プレイヤー同士の戦いを甘《あま》く見積もりすぎではないかとも思ったが、それらのリスクを冒《おか》してでも戦う理由があった可能性も否定できない。ならばそれは何なのか。

戦う前にそれらの疑問を全て明らかにしたいところだが――

（早速《さっそく》、おでましだぜ）

上空が雲のような白い靄《もや》に包まれ、そこから漏《も》れ出す眩《まぶ》しい光とともに何かが降りてくる。魔法陣がないので〝召喚〟ではなく〝空間転移〟してきたのだと分かる。すでに召喚し、どこぞに待機でもさせていたのだろう。

見えてきたのは背中にうねるような光の翼を生やし、頑強《がんきょう》そうな白銀の防具を纏った金髪の女性。目鼻を隠すアイマスクをしているが、その向こう側に俺を貫《つらぬ》くような敵意ある視線を感じ取れる。頭上には輪っかがないので天使ではない。

（あれはヴァルキュリア……スクルドか）

月嶋が召喚士であろうということは以前から想定していたし、人型の召喚獣《しょうかんじゅう》をダンジョンに単独で潜らせ、レベル上げしていることも予想していた。だから降りてきたのが最上位召喚魔法の一つ、戦女神《ヴァルキュリア》だったとしても別段驚きはない。

ヴァルキュリアシリーズには〝攻撃《こうげき》特化〟、〝サポート特化〟、〝防御特化〟など異なるタイプの個体がいるが、あれだけ重装備なのは防御特化タイプの《ヴァルキュリア・スクルド》だけだ。

エクストラスキルは《防御結界》。一定以下の攻撃を無制限に無効化するというチートじみたスキルだが、フロアボスなどの超火力攻撃《ちょうかりょくこうげき》に対しては無力。ダンエクでもエクストラスキル目当てというよりは術士の盾役《タンク》として使われることが多かった個体だ。

だけどこちらに向けている自信に満ちた表情から察するに、恐らく《防御結界》のほうが切り札だろう。俺の攻撃を全て無効化できると考えていそうだが——さて。

俺は今、全高５ｍほどの〝ゴーレム〟の肩《かた》に乗っている。亡者《もうじゃ》の宴《うたげ》で山ほど取ってきたミスリル合金武具から作り出したものなので、ミスリル合金ゴーレムというべきか。

背中には20階フロアボスの魔石《ませき》を加工して作ったゴーレムの核《かく》が調子良さそうに光《ひか》り輝いている。ここは弱点になるのでちゃんと金属のカバーで覆っておくよう指示しておく。

「なるほど、【機甲士《きこうし》】の《ハンドメイドゴーレム》か。動力となっている魔石もなかなかの魔力だ。だがまさか、そんな低級ゴーレムでオレとスクルドを抑《おさ》えられると本気で思ってんのか？」

『……思っているが？』

俺のゴーレムを見た月嶋はあきれ顔になり、釣《つ》られてスクルドが苦笑《くしょう》しながら鼻で笑う。というかスクルドもそんな見下したような態度をするんだな。アーサーの呼び出す能天気な蜘蛛《アラクネ》もそうだが、召喚獣は召喚主に性格が似るのだろうか。

「だとよスクルド。ならその自信を派手に圧《へ》し折ってやろうぜ」

スクルドが手で円を描いて光輝《ひかりかがや》く魔力を発散させると、月嶋に青白いエフェクトが重なるように発動する。防御力、魔法抵抗力《まほうていこうりょく》を大きく上昇させるバフスキルだ。命令を下さずとも召喚主の意を汲《く》み取って動こうとするのは、ダンエク時の召喚獣では見られなかった大きな違いだ。

闘争心《とうそうしん》むき出しの笑みを浮《う》かべる召喚主と、余裕ある涼しい笑みを浮かべる召喚獣。ひりつくような殺気が膨《ふく》れ上がって今にも戦闘が始まりそうだが、その前に。とりあえずダメ元で聞いてみるか。

『ところで聞くが……何故《なぜ》ゲームストーリーを壊そうとする』

「あぁん？　お前をおびき出せただろ、それで十分じゃねーか」

八龍による統治システムが崩壊《ほうかい》したら学校内ゲームイベントの大半がおかしなことになる。そうなれば〝主人公〟は成長ルートに乗れなくなり、これから起こるであろう厄災《やくさい》への対処が困難となる。つまり、多くの人が死ぬ可能性があるのだ。

それを防ぐことこそがプレイヤーの責務だと俺は考えていたのだが……

『ならば次だ。何故プレイヤーを誘い出してまで戦おうとする。狙いは何だ』

「ごちゃごちゃとうるせぇ！　オレに勝ったら教えてやるよ。ま、そんな未来はこないだろう──がっ」

こちらに目掛《めが》けて魔法弾を高速で放ってくるが俺は何一つ動くことはない。足元にいるゴーレムが腕《うで》を伸ばしてガードし、金属音と爆発音《ばくはつおん》の混じった音が鳴り響く。

「お前はどれくらい強ぇんだ？　少し試してやるか、いくぞスクルド」

『イエス……マスター』

目をギラつかせた月嶋が青い闘気を噴き上がらせ、ゆっくりと歩き始めると、耳元で囁《ささや》

くような独特な声質で呼応したスクルドが、淡《あわ》く光る片手剣《かたてけん》を手にして浮かんでついてくる。アイマスクが独りでに上がって青く澄《す》んだ瞳《ひとみ》を晒《さら》しているが、あの目には見たものの精神を操作するような何らかの悪意を感じる。

戦う前にどれくらい手加減すべきか判断材料にしたかったのだが、俺としても怒り心頭といったところなので迎《むか》え撃つことに戸惑《とまど》いはない。背後にいたカヲルと会長も退避《たいひ》してくれたようだし遠慮《えんりょ》なく行かせてもらう。

左手で《シャドウステップ》の魔《ま》法陣《ほうじん》を描《えが》きつつ、右手でマジックバッグ化したポケットから剣を引き抜《ぬ》く。いつぞやにヴォルゲムートを倒し手に入れた「ソードオブヴォルゲムート」という曲剣《ファルシオン》だ。頑丈《がんじょう》さにおいて純ミスリルすら軽く上回っているので雑に扱《あつか》っても傷一つ付かないのが気に入っている。

今回は空中戦の差し合いがメインとなりそうなので二刀流ではなく左手は魔法弾を撃つためにフリーにしておこう。立体戦闘は間合いが空きやすいので飛び道具があると立ち回りがしやすいのだ。

一度強く握って一振《ひとふ》りし調子を確かめた後、ゴーレムの肩を蹴《け》り上げて単騎《たんき》で飛び込む。即座《そくざ》に反応したスクルドが剣を横にして受けの構えを取るが、構わず勢いのまま力任せに斬《き》りかかる。

甲高《かんだか》い金属音が鳴るのと同時に秒間で複数回の斬撃を応酬《おうしゅう》し合ったところ、俺を挟《はさ》み込むように背後に回った月嶋が、魔力を込めた拳を繰《く》り出そうとする。無防備な背中を晒しているんだ、当然そこを狙ってくるだろう。

「はっ、後ろがガラ空き——なにっ」

俺の指示により、すでに放物線を描くようにジャンプしていたゴーレムが巨大な腕を振り下ろし、月嶋が立っていた場所の床《ゆか》タイルやらその破片《はへん》やらが派手に舞《ま》う。腕をクロスし、すんでのところで躱《かわ》した月嶋は破片を払いながら《フライ》でふわりと浮かび上がり、怒りの形相で両手に魔力の光を灯《とも》す。

「下級ゴーレムが……すぐにスクラップにしてやる！」

『オオォ!!』

軋むような唸《うな》り声を上げるゴーレムに向かって、高い位置から大量の魔法弾が流星のように放たれる。一方のゴーレムは全身に被弾《ひだん》しながらも深く身をかがめて再びジャンプし、空中にいる月嶋を強引に掴みにかかる——が、上手《うま》く捕まえられない。ミスリル合金は多量の魔力弾《まりょくだん》を浴びると脆《もろ》く崩《くず》れてしまうため長くは持ちそうにないが、一時的にでも2対1の状況を回避《かいひ》できればそれでいい。

目の前には煌《きら》めく金髪《きんぱつ》を靡《なび》かせ、白銀の重装備を着たヴァルキュリアが青い瞳で値踏《ねぶ》みするようにこちらを見ている。俺も構えを取ってじっくりと出方を窺《うかが》いたいところだが、すぐ近くで超重量《ちようじゆうりよう》ゴーレムがジャンプしたり魔法弾の爆発音を轟《とどろ》かせているせいで地面にいると非常に居心地《いごこち》が悪い。頑丈なはずの闘技場1番も大きく揺《ゆ》れ動いて所々に亀裂が入り、パラパラと破片が落ちてきているけど大丈夫だろうか。

『さて、長引かせるのも都合が悪い。早めにカタをつけさせてもらう』

【ほざくな人間……貴様程度を屠《ほふ》るのにマスターの力は不要】

俺の魔力量から格下と思って侮《あなど》っていたのだろう、そんな相手に挑発《ちようはつ》されたせいで整った顔を怒りまかせに歪《ゆが》ませるスクルド。距離《きより》感の掴めないウィスパーボイスで、俺への殺意を高める。2枚あった光の翼《つばさ》をもう2枚増やし、ふわりと浮かんだと思ったら垂直に急《きゆう》上昇《じようしよう》していく。空中戦を誘っているのだ。

その動きを冷静に目で追いながら高速で追加の魔法陣を描く。羽を何枚増やそうが限られた空間内なら俺の方が数段速いってことを教えてやろう。

『んじゃアゲていくぜえぇぇ！　荒《あ》れ狂《くる》う暴風となれ、《エアリアル》!!』

空中にスキルで作った無数の足場を勢いよく駆《か》け上がろうとすると、天井《てんじよう》付近まで達したスクルドが旋回《せんかい》し、光剣を前に突《つ》き出すような構えで急降下してきた。俺に狙《ねら》いを定めると体が電気を帯びたようにバチバチと光り輝き、魔力と位置エネルギーを速度に換えて急速に迫《せま》ってくる。一気に決める気のようだ。

このままぶつかる場合、下から上昇《じょうしょう》しているほうが大きく不利になる。さらに身動きしにくい空中戦において、あれほどの速さにはカウンターを当てるどころか躱すことすら難しい――が、その場に足場があるのなら話は別だ。

《シャドウステップ》によりフルスロットルで一気に加速し、空中の足場を無規則かつジグザグに飛びまわりながら猛烈《もうれつ》な速度で駆け上がっていく。

視界の左右と天地が目まぐるしく切り替わり、足にも強烈《きょうれつ》な負荷《ふか》がかかるがそれも一瞬のこと。超高速《ちょうこうそく》で向かってくるスクルドとの距離はあっという間に縮まり、攻撃射程に入る直前で互いが魔力を爆発《ばくはつ》させてスキルのモーションへと移行する。

［神敵を滅《めっ》す！　神の怒りを知れ！　《ライジング・アサルト》!!］

撃《う》ってくるのは雷《かみなり》属性のソードスキル《ライジング・アサルト》。剣だけでなく体に帯びた多量の電気にも攻撃判定があるため、見た目よりも攻撃範囲《こうげきはんい》がかなり広く、しかも高火力。あんなのとまともに撃ち合う道理はない。

スキルモーションを紡《つむ》ぎつつ、スクルドの攻撃範囲外《こうげきはんいがい》ぎりぎりに身体を置きながらくるりと方向転換《てんかん》し、脇《わき》を通り過ぎるのと同時に発動。

【なっ――】

『くたばれぇえ！　《アガレスブレード》!!』

正面からスキルを撃ち合うと思っていたスクルドは目を丸くして驚いているが、真横から容赦なく渾身《こんしん》のスキルを叩《たた》き込む。

自分の運動エネルギーに加え、思わぬ方向から爆発的《ばくはつてき》高火力のソードスキルを叩き込まれたせいで、制御《せいぎょ》できず闘技場の側壁《そくへき》に激突《げきとつ》。爆発音と共に数ｍほどの亀裂が出来上がる。

その地点を予測し《エアリアル》で移動していた俺は、新たにスキルを紡いで追撃《ついげき》しようとするが――

「させるかよぉ！」

後ろから急速に迫る魔力を感知し、上半身を捻《ひね》って魔力弾を躱す。下を見れば呼び出したゴーレムが半壊《はんかい》し地面に向かって崩れていくところだった。この短時間であの状態になるとは、よほど大量の魔法弾を浴びたのだろう。

【うぅ……くっ……】

「あの鉄くずは始末したぜ……とはいえ。さすがに利沙《りさ》が強いというだけはあるか。だが所詮《しょせん》は想定内だ。もういいだろうスクルド、あれを使うぞ」

【……イエス、マスター】

防具が大きく凹《くぼ》み、腕や額から鮮血《せんけつ》を流して負傷していたスクルドであるが、月嶋の後ろで金色の光を浴びると見る見るうちに防具ごと回復していく。あの金属っぽい防具もヴァルキュリアの身体の一部なのだろうか。腕を動かしてダメージ回復を一通り確認《かくにん》したスクルドの目には、俺に対する怒りと殺意が強く宿っている。

一撃《いちげき》で仕留めるつもりでスキルを撃ち込んだのだけど、さすが防御《ぼうぎょ》特化のヴァルキュリア。回復持ちな上に予想以上に硬《かた》くて厄介《やっかい》だ。

その傍《かたわ》らで、月嶋が角ばった黄色い結晶《けっしょう》のようなものを取り出してきた。あれは……「スキルライズアッパー」か。スクルドのエクストラスキル《防御結界》をさらに強化し、俺の無力化をより確実なものにする作戦のようだ。このレベル帯での入手はかなり難しい貴重な物のはずだが、対プレイヤー戦に出し惜《お》しみなどするわけがないので持っているなら使用は当然といえよう。

口端を吊《つ》り上げながら月嶋が結晶を持った腕を突きだし魔力を込めると、それを合図にスクルドも湧《わ》き出るような多量の魔力を練り上げて両腕《りょううで》を広げ、天を仰《あお》ぎ見る。

ついに来たか。

『強固なる正義の力をここに示そう、邪悪《じゃあく》なる者に無慈悲なる無を――《防御結界《ルースレス・ディフェンス》》!!』

天井が金色に光りだし、ひらひらと天使の羽のようなものが大量に舞う。ヴァルキュリア・スクルドのエクストラスキルが発動したのだ。同時に闘技場《とうぎじょう》全体に満ちた魔力が俺を敵性だと判断し、体内の魔力循環《まりょくじゅんかん》や動きを酷く邪魔《じゃま》をする。予想に違わぬ強力な阻害《そがい》スキルだ。

「さっきの動きからして、お前のレベルは多く見積もっても25程度。現時点ではこの辺りがプレイヤーの上限レベルだろう。だがスクルドの《防御結界》を貫通《かんつう》するにはお前程度のレベルじゃ全然足らないぜ。さて、どうする?」

この空間全域において月嶋に対する敵性攻撃は全て無効化される。スキルだけでなく、斬撃、格闘術、ゴーレムを使った攻撃など、あらゆる攻撃が意味を持たなくなったわけだ。そのスキルを打ち破るのにレベル25でも通用しないなら、それ以下の俺では確かに手も足も出ないことになる。

「つーことで、ここからは粛清《しゅくせい》タイムだ。二度と逆らわぬよう徹底的《てっていてき》に屈服させ支配するが……覚悟はいいか」

『先ほどの倍返しだ、人間。多大なる苦痛を与《あた》えたのち、惨《みじ》めに這いつくばらせ、死を懇《こん》願《がん》させてやろう』

主従揃《そろ》ってギラギラしたサディスティックな目で見てくるのはいいが、お前らは色々と勘違《かんちが》いしている。この戦いはどちらかを屈服させて上下関係を決める戦いではない。殺すか殺されるかの戦いである。少なくとも俺は最初からその覚悟でこの場に立っている。ゆえに苦痛や支配などという脅《おど》し文句《もんく》は通用しない。

そも、俺はヴァルキュリアを召喚《しょうかん》し《防御結界》を使ってくることも、「スキルライズアッパー」でスキルを強化してくることも想定はしていた。もちろん想定の中では厄介な部類ではあったが、それゆえに対策だって用意してきてある。

つまりだ。

これまでお前が見せてきたものは全てが想定内で、何一つとして俺の予想を超《こ》えたものはない。これから考えるべきは月嶋の対処ではなく、処遇《しょぐう》をどうするかだが……。

この決闘によほどの理由があるというなら命は取らず、オシオキだけで済まそうかとも考えてはいた。だが月嶋がこの先もゲームストーリーを軽視し、周囲を省《かえり》みず破《は》壊的《かいてき》な行動を続けるのなら、俺の命よりも大事な人達に危害が及《およ》ぶ可能性も否定できなくなる。

（ならばいっそこの場で――）

そう考えると思考が凍《い》てつくほどに冷え、抑え込まれていたドス黒い魔力が内側からあふれ出してくる。

「あぁん？　まだ抵抗《ていこう》する気力があんのか。もしくはこのスキルの効力を理解できてねぇだけか？」

〖マスター、やはり此奴《こいつ》だけは支配などせず、早めに殺すことを進言――〗

奥の手《おくのて》を出しても動じない俺を見て怪訝《けげん》に思う月嶋に対し、急速に警戒心《けいかいしん》を高めたスクルドは光剣をこちらに向けて再度身構える。

月嶋の処遇を考えるよりも前に、まずはこの煩《わずら》わしい結界を何とかするか。こんな力があるからゲームストーリーを破壊《はかい》し、学校の支配なんて愚かなことを企《たくら》むのだ。有無《うむ》を言わさない圧倒的な力でその自信と野望を打ち砕き、プレイヤーを甘く見た代償《だいしょう》を支払《しはら》わせてやるとしよう。

見せてやる、俺が今持っている〝最強のカード〟を。

第16章 ✦ 絶対防御を貫く攻撃

―― 大宮皐《さつき》視点 ――

どんよりとした分厚い雲が渦巻《うずま》き、時折、か細い悲鳴にも似た木枯《こが》らしが吹き付ける。周囲には強力なアンデッドが闊歩《かつぽ》し、地獄《じごく》と言われても違和感《いわかん》のない、暗く重苦しい荒野《こうや》が延々と続いている。ここはダンジョン15階の奥地《おくち》、〝亡者の宴〟と呼ばれている狩場《かりば》だ。

そんな場所に似つかわしくない、活気のある元気な声が響く。

「いっけーおにぃ!!　やっちゃえーっ!!」

「なーにやってんだ災悪《さいあく》っ、ぶっ飛ばせーっ！」

砂地の上に敷《し》いた3m四方ほどの茣蓙《ござ》の上で、私と華乃《かの》ちゃん、アーサー君の三人が顔を寄せて見つめているのは、地面に置かれた10インチほどの小さなモニター。画面の中央には仮面を着けたソウタと歪《いびつ》な笑《え》みを浮かべる月嶋拓弥《つきしまたくや》君の向き合っている姿が小さく映っている。

この映像はリサの小型腕端末《うでたんまつ》からカメラを起動して撮《と》ってもらっているので、映りはそれほど良くはない。

そして先ほどから華乃ちゃんとアーサー君が腕を振り回し大きな声で応援《おうえん》しているけど、この場所は決して安全地帯などではない。そんな応援をしていれば生者の存在を感じ取ったアンデッドが近寄ってくるのは当然のことだ。

「……グルォォ……ォォ」

骨が露出《ろしゅつ》した手でボロボロの大剣《たいけん》を引きずりながら、こちらに狙いを定めて走ってこようとする――のだけど、そのたびにアーサー君が見もせずに魔法弾を撃ち込んで一発で倒してしまっている。おかげで近くには魔石がいくつも転がって放置されたままだ。もったいないので後で拾っておこう。

それにしても……ソウタと月嶋君の戦いは何と表現すればいいのか。私が思《おも》い描いていたのは、剣と剣で斬り合ったり、魔法弾を撃ち合うようなものだったのだけどそれとは程《ほど》遠《とお》い、別次元の戦いだった。

上空が光り輝く得体のしれない精神攻撃に、鋼鉄巨人《きょじん》と戦乙女《いくさおとめ》の召喚。そしてさっきの超高速空中戦もそうだ。使用するスキル、戦術、剣捌《けんさば》き、何もかもが驚《おどろ》きの連続だった。

リサもあのような戦いを経験してきたのだろうか。一緒《いっしょ》に見ている二人はどう思っているのか気になってしまう。

「……ソウタの呼び出したあのゴーレムって、まるで特撮《とくさつ》アニメみたいな戦いだったよね。華乃ちゃんは全く驚いてなかったけど、もしかして──」

「そうなのっ！　おにぃと一緒に【機甲士】っていうジョブになってぇ、ゴーレムを作れるようになったんだよっ。見て見て──《ハンドメイドゴーレム》！」

華乃ちゃんが嬉々《きき》とした顔で魔石を取り出し、少量の魔力を込めると、砂の中から50㎝くらいのミニゴーレムが立ち上がる。だけどそこらの乾燥《かんそう》した砂で作ったためか、もしくは込めた魔力が少なすぎたせいか少し動くとすぐに崩れてしまった。

上級ジョブにはゴーレムを作って操《あやつ》れる【機甲士】というジョブがあり、画面に映っている鋼鉄の巨人──今は壊《こわ》れてしまっているけど──もそのスキルによって作り出されたものだという。

私の知っている限りでは、よほどの適性がないと上級ジョブには就《つ》けないし、就けたとしても1種類のジョブのみだと思っていたのだけど、華乃ちゃんは複数の上級ジョブを渡《わた》り歩いている。聞けばステータスとレベルさえあれば自由にジョブチェンジできるそうだ。そんなことが本当に可能ならスキル枠《わく》の自由度が大幅に増すことになるけど……

そして驚くべきは【機甲士】というジョブ。経験を積み重ねていくと、なんとダンジョン内に拠点《きょてん》を作れるスキルまで修得できるらしい。それを使って華乃ちゃんは快適な場所に別荘《べっそう》を作るのだと意気込《いきご》んでいるけど……スキルってそういうものだっけ。

もしかしたら今日という日は、ダンジョンに関する、私達のこれまでの常識を見直す絶好の機会なのかもしれない。そうやって混乱しかけた思考をどうにか落ち着かせていると、アーサー君が「新たな局面に入ったよ」と画面を指を差して教えてくれる。

見れば問題の大技《おおわざ》、《防御結界《ルースレス・ディフェンス》》を発動するところだった。闘技場内が淡い光に照らされてキラキラと羽のようなものが舞い、同時に赤黒い靄《もや》のようなものがソウタにまとわりついている。あれが月嶋君の奥の手らしい。そのスキルをまじまじと見ていた華乃ちゃんは、コテリと首を傾《かし》げる。

「これが《防御結界》かぁ……へぇ～……ふーん。想像してたよりは強そうに見えないけど、とにかくこれでアーサー君の出番というわけだねっ！」

「よっし、そんじゃいっちょブチかましてやるか！　華乃ちゃん、皐《さつき》ちゃん、ボクのカッコ良いところを、よ～く見ててね！」

満面の笑みを向けるアーサー君は鼻歌を口ずさみながら砂地の上に歩いていくと、ふわりと浮かんで上空10ｍくらいの位置で停止する。すると周囲の空気が歪むほどの莫大《ばくだい》な魔力を練り始めた。大地が振動《しんどう》し、遠くにいたアンデッドさえも動きを止めて警戒《けいかい》するように姿勢を低くしている。

今から行うのは以前、この亡者の宴で〝ブラッディ・バロン〟を数十体まとめて葬《ほうむ》った、とんでもない火力の《メテオ・ストライク》という大魔法《まほう》だ。

リサが合図をしたらソウタの真上に繋《つな》がるゲートを作り、そこに大魔法を叩き込むという作戦である。その方法であればダンジョン外に出られないアーサー君でも外界に影響《えいきょう》力《りょく》を行使できるらしい。

画面内には自信に満ち溢れた月嶋君が映っている。《防御結界》の堅牢《けんろう》さも、ソウタに勝利することも何一つ疑っていないのだろう。背後にアーサー君の大火力魔法が控《ひか》えているとも知らずに。

（月嶋君は、ソウタの執念《しゅうねん》と覚悟を根本的に見誤っているんだね）

そもそもソウタは最初から1対1で正々堂々と戦おうなどと考えてはいない。ダンジョンの知識量や戦闘センスは異常なほど高いので、きっとまともに戦っても勝てるとは思う。それでもあらゆる攻撃パターンを想定し、勝つための算段を数えきれないほど計算し、できる限りの助力を求め、絶対に負けないように万全《ばんぜん》の準備をしてこの決闘に挑《いど》んでいる。

だからソウタが負けることなど微塵もないと私は考えているし、兄思いの華乃ちゃんが安心して見ていられるのも、それを知っているからだろう。

ただそれでも懸念点《けねん》はある。

1つは魔法を撃つ場所が闘技場内だということ。闘技場1番は日本が世界に誇《ほこ》る頑丈さが自慢《じまん》の建物だけど、あの大魔法にはまず耐《た》えられないし、きっと使い物にならなくなる。その後始末は……今は目を逸《そ》らすしかない。

そしてもう1つは、月嶋君を死なせてしまう可能性だ。決闘を企んだ動機を聞き出して今後の行動指針にする必要がある——とリサが力説したので、死なせないことはすでに決まっている。だけど《防御結界》を打ち破った上で月嶋君を殺さないようにするには絶妙《ぜつみょう》なコントロールが要求される。

ゲートの向こう側から、ソウタがアーサー君の放つ大魔法をコントロールすることになっているけれど、はたしてそんなことが可能なのだろうか。

上手くいきますようにと小さく手を組んで祈《いの》っていると、画面にリサの手が大きく映って月嶋君を2回指差すのが見えた。ＧＯサインが出たのだ。

「今、リサから合図が来たよっ！」

「いっけー！　やっちゃえー！」

空に浮かぶアーサー君の左側には、等身大ほどの巨大《きょだい》で複雑な魔法陣が描かれており、バチバチと魔力《まりょく》が溢《あふ》れ出ている。いつで発動できる状態だ。私の声が届くと一度頷《うなず》き、開いた右手を前に突き出して紫色の光《ゲート》を生み出した。あの先はソウタ達のいる闘技場だろう。

「さぁ、ボクのとっておきを貸してやる！　上手く扱えよ、災悪《さいあく》!!　《メテオ・ストライク》!!」

信じられないほどの濃密《のうみつ》な魔力が目もくらむような眩しい閃光《せんこう》となって解き放たれ、次々にゲートに向かって吸《す》い込まれていく。

時を同じくしてスクルドの《防御結界》により淡い光に染め上げられていたモニターの画面は、一瞬《いっしゅん》にしてアーサー君の魔力色に塗《ぬ》り替《か》えられていった。


――　早瀬《はやせ》カヲル視点　――


生徒会長と共に観客席に戻《もど》り、信じられないような戦闘を目にして唖然《あぜん》とする。全く理解が追いつかない。それは私だけでなく、隣《となり》に座《すわ》っている人達も同じようだ。

「何じゃありゃあ……怪獣《かいじゅう》大戦争か!?　あいつら何者なんだ。おいっ、さっさと知ってることを話しやがれっ！」

「隠匿《いんとく》スキルのオンパレード……実に興味深いねェ。空を飛ぶとこうも戦術が変わるとは。それにあの仮面の御人《ごじん》、剣の腕も達人の域だョ。ボクも是非《ぜひ》とも説明を聞きたいねェ」

筋肉隆々《りゅうりゅう》で小さな顎髭《あごひげ》を生やしたこの人は、確か第一剣術《けんじゅつ》部の部長だったはず。怒《おこ》っているような、もしかしたら喜んでいるのかもしれない不思議な顔をして周防君に向けて怒鳴《どな》っている。その隣に座っている長身の人も風格からして明らかに只者《ただもの》ではないので、同じ八龍《はちりゅう》だろう。仮面の男との戦いが始まると、この二人が事情を説明しろと走ってきたのだ。

少し離《はな》れたところには長い赤髪を後ろで束ねた第一魔術《まじゅつ》部の部長も座っている。無機質な目は闘技場に向けられてはいるものの、こちらに耳を澄ませて様子を窺っているのが何となく分かる。

この戦いは八龍の目から見てもやっぱり異常なのだ。私もダンジョン最前線を争う攻略《こうりゃく》クランの戦闘は何度か動画で見たことがあるけれど、もっと常識的な範囲内《はんいない》だった。世界には日本よりもダンジョン攻略がずっと進んだ国もあるというし、もしかしたら仮面の男も月嶋君も海外出身の冒険者《ぼうけんしゃ》なのかもしれない。それにしても──

（……なんて、美しいの）

注目すべきは仮面の男の剣。酷《ひど》く合理的かつ自由で、今まで見たこともないほどに鋭《するど》く、そして美しかった。実際にはあまりに速すぎて全部を目で追えたわけではないし、剣を振《ふ》るった時間も僅《わず》かでしかないけれど、斬撃の軌跡《きせき》、立体的な立ち回り、一瞬の戦術眼、その全てが私の理想をいくつも超えたものだった。まさに達人。これほどの剣術使いがすぐ目の前にいることに驚嘆《きょうたん》しつつも、先ほどから心臓の高鳴りが止まらない。あのように戦えたのならどんなに幸せだろうか。

だからこそあの人の情報を知っているのなら私も是非聞きたいと思っている。八龍二人に問い詰《つ》められている周防君が何を話すのかこっそりと耳を傾《かたむ》けてみれば、落ち着き払《はら》った静かな声で答えていた。

「私もあの仮面の男が何者なのか知りませんし、見知らぬスキルが多くて少しばかり驚いています……が、先ほど説明した通り、拓弥《たくや》さんには奥の手がありますので勝利が揺らぐことは微塵もありません。正体については仮面の男を倒《たお》した後にゆっくりと取り調べれば済む話でしょう」

「確かにそりゃそうだが――あれがその奥の手ってやつかぁ？」

仮面の男と月嶋君がしばし向かい合って何かを話していたかと思えば、スクルドが両腕を広げ、真上に向かって透《す》き通るような声を紡ぐ。直後、ぞくっとするほどの魔力が急速に広がる。

『強固なる正義の力をここに示そう、邪悪なる者に無慈悲《むじひ》なる無を——《防御結界《ルースレス・ディフェンス》》!!』

闘技場全体に優《やさ》しい光が満たされる。どこからともなく真っ白い羽のようなものが大量に舞い始め、安堵《あんど》にも似た感覚に陥《おちい》る。通常、他人の魔力は不快に思うか威圧《いあつ》にしかならないものだけど、これほど濃密な魔力に包まれているのに心地《ここち》よく感じるのは明らかに異常事態だ。

一方で、仮面の男には黒い靄《もや》のようなものが纏《まと》わりついている。あれにはとても嫌《いや》な気配がする。防御スキルというけれど、金色の光と同じで呪《のろ》いの類なのだろうか。だとすれば今、精神に異常をきたすような恐ろしいことが起きている可能性もある。

近くで立ちながら見ている生徒会長をそっと見れば、案の定非常に厳しい眼差《まなざ》しになっている。

この戦いが始まる前に「仮面の男は絶対に負けない」と言っていた。もちろん私から見ても仮面の男の実力は申し分ない。それどころか世界屈指《くっし》の攻略クランメンバーだと言われても疑いはしない。だけど、全てを無効化するという異常な力の前に何ができるのだろうか。

(もしものときは私が……間に入らなくては)

今あの中に入っていくには、先ほど入ったときよりも何倍も勇気がいるだろう。震《ふる》えそうになる手を強く握《にぎ》って押《お》さえつけ、弱い心を叱咤《しった》しながら仮面の男の様子を窺《うかが》うものの、あの呪いを受けても一向に動じていないように見える。

彼《かれ》ほどの実力者なら、スクルドのスキルがどれほど強力なものなのか推測できてもおかしくないのに。もしかして打つ手がなく、諦《あきら》めたという線も……

そんな焦《あせ》るような思いで見ていると、仮面の男はゆっくりと腕を上げて真上を指差す。その方向を目で追うと、天井付近に怪《あや》しく紫色に光る小さな光球が出現しているではないか。それはすぐに1mほどの大きさまで拡大する。

あれに何の効果があるのだろう。近くで第一魔術部の部長が息を呑《の》む音が聞こえたけど、何なのか知っているのなら教えてほしい。

『……月嶋。お前が何をしたいのか。何を狙っているのかを聞きたかったが、今はいい。まずはその自信を打ち砕《くだ》き、勘違いを正してやる』

「何をほざいて……何だあれは……《ゲート》か？」

〘はっ！　マスターすぐに避難《ひなん》をっ！　《プロテクション》‼〙

肥大化した紫色の光球はしばらく見ていても変化はなく、そのまま会話が続くものかと思っていたところ、スクルドが慌《あわ》てたように前に出て障壁《しょうへき》のようなものを生み出した。

その直後、間近に太陽が出現したのかというくらいの強烈な光が出現する。

『――喰《く》らいやがれェェ！　《メテオ・ストライク》!!』

雷鳴《らいめい》のようなつんざく音と共に、光が一瞬で地面に着弾《ちゃくだん》。ミスリル合金でできた頑丈なはずの床が抉《えぐ》れるように捲《めく》れ上がるのが一瞬だけ見えた。

光は連続して怒涛《どとう》のように降ってくる。そのあまりのエネルギーと爆発音に感覚が麻痺《まひ》してしまい、何が起こったのかを理解する前に意識が途切《とぎ》れそうになる。

「早瀬さん、こっちよっ！」

驚きと恐怖《きょうふ》で縮こまっていると何者かが手を引っ張ってきた。混乱しつつも連れていかれた先では暴風と爆音《ばくおん》が幾分《いくぶん》か和《やわ》らいでいたので、やっとのことで目を開けて状況確認《じょうきょうかくにん》ができるようになる。

「なっ……んなんですか、あれは！　くぅっ！」

目の前では第一魔術部の部長が赤い髪《かみ》を激しく靡《なび》かせながら数m大の障壁を張っており、両手で支えるように立っていた。この障壁のおかげでこの場所は守られていたのだ。また私の右手は今も新田さんが握っており、ここまで手を引いて連れてきてくれたのは彼女《かのじょ》だと分かる。

後から周防君や八龍、第一剣術部の部員達《たち》が滑《すべ》り込《こ》むように彼女の後ろへ避難してきた。

「持ってきた魔導具でエネルギーゲージを調べたら〝レベル38〟の数値を差し示しているんだけど、誰《だれ》か今起きてることを説明できるかい⁉」

「なんつった宝来《ほうらい》！　しかしこりゃとんでもねぇな！」

「頑張《がんば》ってくださいまし、一色《いっしき》様！　障壁を張れるのは貴女《あなた》しかおりませんの！」

「ぐっ……う……ですが楠《くすのき》さん、これほど強烈では……長くは持ちません！」

八龍の皆《みな》も現状把握《はあく》が上手くできていないようだけど、それも当然。闘技場内は強烈な光に包まれていて何も見えず、その上、爆風《ばくふう》と爆音で何が起きているのかすら分からない。建材やタイルだった物、瓦礫《がれき》が障壁に勢いよく叩きつけられており、これでは身動きも取れない。ただ身を縮めて過ぎるのを待つのみだ。


どれくらい経《た》っただろうか。

先ほどまでとは打って変わり、今は静まり返っている。混乱し怯《おび》えながら耐えていたので体感時間としては長かったものの、実際には1分も経っていなかったかもしれない。

障壁の前にできた瓦礫の山から少しだけ頭を出して周囲を探《さぐ》ろうとするけれど、塵《ちり》や埃《ほこり》が舞っているせいで何も見えない。しかし風が吹いているせいか、砂塵《さじん》も次第《しだい》に晴れていく。

最初に見えてきたのは――闘技場であったものだ。

こちら側以外の壁《かべ》や観客席はほぼ崩壊しており、天井などは完全に吹き飛んで青空が見えている。あんな非常識な攻撃《こうげき》は想定して作られていないので、頑丈な闘技場が半壊したとしても納得《なっとく》できる。それよりも――

(月嶋《つきしま》君は……生きているの……?)

彼がいたであろう場所はまだ砂塵が立ち込めていてよく見えない。それでもミスリル合金でできた床が建物の基礎《きそ》ごと破壊され、大きなクレーターがいくつも出来上がっているのは所々で見て取れる。これではさすがに……

壊滅的《かいめつてき》と言っていい状況《じょうきょう》を八龍や周防君と共に息を呑んで見ていると、最後に残っていた砂煙《すなけむり》も風に吹かれて晴れていく。そこではちょうどスクルドが光の粒《つぶ》となって消滅《しょうめつ》していくところだった。

月嶋君は……いた。服は焼け焦《こ》げ、口から大量の血を吐《は》いて蹲《うずくま》っている。左腕《ひだりうで》は根元から無くなっており、半死半生の状態だ。

あれほどの攻撃を受けてもなお、体が残っているだけでも驚きなのに生き残っていたというのは……スクルドの力はやはり並大抵《なみたいてい》ではなかったということだろう。もしくは、魔法の火力をギリギリまで調節した可能性もあるけど、それは考えづらい。

とにかくこのまま放置していたら間違《まちが》いなく彼は死ぬ。急いで【プリースト】の先生を探そうとすると、いつの間にか仮面の男が月嶋君の背後に立ち、剣を振り上げている姿が見えた。


『月嶋、やはりお前には死んでもらう』

「……かはっ……はぁ……はぁ」

仮面の男の魔力に殺気が乗る。抵抗できない月嶋君の首元に剣を振り下ろそうとしたので私が声を上げて制止しようとする――その前に、巨大な剣を持った女生徒がその剣を受け止めた。かなりの力がかかっていたのか砂埃《すなぼこり》が放射状に舞い上がり、鈍《にぶ》い金属音が大きく鳴り響《ひび》いた。

新田さんだ。さっきまで隣にいたのに。

「決着はついたわ。月嶋君がどうしてこんな行動にでたのか、言い分を聞いてあげて欲《ほ》しいの」

第17章 ✦ 月嶋拓弥の理屈

片腕《かたうで》を失い、口からも多量の血を吐いて倒れている月嶋。所々焼《や》け焦げた制服にも血が飛び散っている。そこに慌てて覆《おお》い被《かぶ》さったのは長い銀髪《ぎんぱつ》の少女、世良《せら》桔梗《ききょう》。血や土埃《つちぼこり》などで制服が汚《よご》れることも気にせず、強く抱《だ》きしめている。

「勇者様……ご安心をっ！　わたくしめが必ずお救いいたします！　《ホーリーヒール》！」

自分が回復させると言って【プリースト】の先生を追い返した世良さん。《聖女》にまつわる者しか知らない隠匿スキル《ホーリーヒール》を躊躇《ちゅうちょ》なく発動させる。ダンエクでは彼女と仲良くなると覚えることのできる高性能回復魔法だ。

そのスキル効果はてきめんで、魔法のエフェクトがかかると同時に目に見える速さで肉体が修復されていく。根元から千切れていた腕《うで》からは、真っ白な骨が伸《の》びてきて、数秒で真っ赤な筋組織や血管が巻き付き、最後に素早《すばや》く皮膚《ひふ》が覆っていく。この間わずか10秒といったところ。先ほどまでの痛みに耐えるような厳しい表情もずいぶんと柔《やわ》らかくなり、体内の血液量も増えたのか青ざめていた顔色も赤みを増してくる。

元の世界なら複数人の医者が大掛《おおが》かりな手術器具を使ってやっとのことで命を繋げられるかどうかという大怪我《おおけが》。だが魔法ならば肉体が欠損していても後遺症《こういしょう》もなく一瞬で再生する。この世界の回復魔法需要《まほうじゅよう》がどれほど凄《すさ》まじいのか、どれほどの権威《けんい》や権力に利用されてきたのか想像に難《かた》くない。

「うっ……」

「あぁ、本当に良かった……」

目じりに涙《なみだ》を浮《う》かべた世良さんは安堵する表情で月嶋の様子を一通り確認すると、突如《とつじょ》俺《おれ》に睨《にら》むような視線を向けてくる。

「わたくしの勇者様には指一本触《ふ》れさせません。もし、これ以上やるというのなら……わたくしが相手になります」

少し声を震わせながらも気丈《きじょう》に俺《おれ》と戦うとおっしゃる。これまでの戦いを見て少々怯《ひる》んでいるようだが、そう言えるだけの実力が彼女にあることは知っている。

近接戦闘《せんとう》、魔法戦闘《まほうせんとう》、回復魔法、サポートと全てをハイレベルで扱《あつか》え、総合力では冒険者学校の生徒でも類を見ない最強の戦闘能力を持つ次世代聖女・世良桔梗。そして何より彼女を校内最強たらしめているのは固有装備である〝国宝〟の存在だ。

先ほどのアーサーが放った《メテオ・ストライク》も、直撃《ちょくげき》ではないせよ間近で受け、瓦礫に揉《も》みくちゃになりながらも全くの無傷だったのがいい例だ。〝それ〟は俺に見られないようすぐに隠《かく》したが、その存在も性能も俺は全てを知っている。だからこそ――

(世良さんが月嶋と共に立ち向かってきたら危かったかもな)

この決闘《けっとう》では出来得る限りの対策を講じてきたわけだが、世良さんまで戦うとなれば話は大きく変わる。それ以上に彼女はダンエク時代から憧《あこが》れていたヒロインであり、攻撃なんて考えたくもない。そんな目で見られるだけでも心が痛むくらいだ。

しかしながら今は世良さんを気にかけているときではない。闘技場が壊れたせいで外も騒《さわ》がしくなってきたし、この体形を変えている薬だってそれほど長くは持たない。早く月嶋と二人きりで話をしておきたいのだが、そう告げたところで今の世良さんは警戒心を強めて頑《かたくな》な態度を崩《くず》そうともしないだろう。

近くで見ているキララちゃんに何とか助けてもらおうと顔を向けると、察しの良い彼女はすぐに俺の意を汲《く》んで動いてくれる。

「生徒会長の代行として、わたくし楠雲母《きらら》がこれ以上の戦闘を禁じます。仮面の御仁《ごじん》もそれに従うとのこと。話をしたいそうなので関係者以外は離《はな》れ――」

「ですが！　この方はわたくしの勇者様。わたくしも関係者でございます！」

「……その、〝勇者様〟とは何でございましょう……」

勇者とは何か。そう聞かれた世良さんが息巻いて早口で話そうとするが「話が長くなりそうならあちらで……」とキララちゃんが断りを入れて上手《うま》く向こうへ誘導《ゆうどう》しようとする。

しかしそんな簡単に釣《つ》られてくれるはずもなく、世良さんは俺を睨みながら月嶋を抱く腕に力を入れて留《とど》まろうと粘《ねば》る。

仕方ないのでキララちゃんの名に懸《か》けて手出しはさせないと約束することで、やっとここから離れることを了承《りょうしょう》してくれた。貴族の名はそれほどまでに重いのだろう。助かるぜ。

一方の生徒会長は決闘を見た生徒に口留めをしつつ、この事態に駆《か》け付けた警備員や学校運営者を相手に説明している。そこら辺りは全て任せるしかないのだが、俺もここにいれば事情聴取《ちょうしゅ》は免《まぬが》れない。月嶋も気が付いたようだし一刻も早くどこかへ移動したほうが良さそうだ。


しばし天を眺《なが》めていた月嶋は、むくりと体を起こすと血まみれでボロボロになった制服を見ながら肩《かた》を落とし、大きく息を吐く。

「はぁ……オレは、負けたのか」

「ええ、そうよ。完膚《かんぷ》なきまでに。少し話したいのだけど急いでこの場を離れましょう。

向こうが騒がしくなってきているわ」

『お前には根《ね》掘《ほ》り葉《は》掘《ほ》り聞かせてもらう』

「……はぁ……しゃあねぇ。どこでも連れていけ」

リサが存在感を低下させるマントを取り出して羽織りながら移動を促《うなが》すが、月嶋は持っていない模様。仕方がないので予備のマントを貸し出してやるとしよう。


「この辺りでいいかしら。それにしても……派手に壊したわね～」

マントを着て闘技場からこっそりと離れ、人気《ひとけ》のないエリアに向かっていると、先頭を歩いていたリサがくるりと後ろに向き直り面白《おもしろ》おかしそうに言ってくる。

ここは少し坂道を上った場所なので半壊《はんかい》した闘技場1番の様子がよく見える。天井《てんじょう》や壁が吹《ふ》き飛び、ローマにあるコロッセオのように風通しが良くなっている。まぁ月嶋がスクルドを呼び出した時点でああなることは運命だった、としか言うほかない。

（せめて他のタイプのヴァルキュリアなら、アーサーの力を頼《たよ》ることもなかったんだけどな……）

今日のために対召喚士を中心に、対魔術士、対格闘《かくとう》、対剣士《けんし》など様々な戦闘パターンを想定し、いくつもの対策を用意してきた。その中でも最悪なのは俺単独では対処が厳しいスクルドの《防御結界》が来るパターンだ。

万が一の可能性に備えてアーサーには前もってヘルプを頼《たの》んでいたわけだが、これで大きな借りができてしまった。後で何を要求されるのかを考えると辟易《へきえき》するぜ。

月嶋も素直《すなお》に黙《だま》ってついてきている。奴《やつ》の行動には疑問点が多いので聞きたいことは山ほどあるが……リサについても疑問に思うところはある。

以前、決闘について話し合ったときも月嶋は助けるべきだと固執《こしつ》していたし、俺がトドメを差そうとするときも〝力〟の一部を解放してまで助けに入ってきた。

確かにリサが言うように月嶋しか知りえない情報や考えを取り込み、今後の指針にするという意見には一理ある。しかし奴の人格や今までの行動を照らし合わせて考えたとき、生かしておくのは非常にリスクが高い。そう、俺の中の冷えた思考が強く警告してくる。

ゲームストーリーという未来を知っているなら、それを破壊すればどれだけ多くの人が苦しみ、あるいは死ぬのかも知っているはずだ。ゲームなら、たとえ１００万の人々が死んでも危機的な世界観を演出する設定《スパイス》程度にしか感じないが、現実で起きるとなればこの街も、国も、怨嗟《えんさ》と悲鳴が絶えない地獄へと変貌《へんぼう》し、その光景を実際に目《ま》の当たりにすることになる。無論、俺達が生きていればの話だが。

月嶋がいまだにこの世界の人々をＮＰＣと見下し、死んでもかまわないと言うつもりなら、そのせいで俺の大事な人達にも危害が及ぶくらいなら――躊躇するつもりなどない。

この場での戦闘も視野に入れつつ隣で涼《すず》しい笑みを浮かべる眼鏡の少女をそっと見るが、その表情からは何を考えているのか全く読み取れない。まぁそれも問えばいいだけの話だ。

『月嶋。決闘中でも聞いたが、どうしてプレイヤーを狙《ねら》った』

無遠慮《ぶえんりょ》で直接的な問いに月嶋は眉間《みけん》にしわを寄せ、不機嫌《ふきげん》そうな顔をする。だが俺の隠さない殺気に気づくと面倒《めんどう》くさそうに息を吐き、ぽつりぽつりと話し始める。

「何から話すか、そうだな……お前もプレイヤーなら〝プレイヤー固有スキル〟を持っているだろう」

プレイヤー固有スキルだと？　あぁ、スキル枠から消したくても消せず、絶えず苦しめられている《大食漢《たいしょくかん》》というスキルがあるな。リサにも相当ヤバいスキルがあるし、聞けばアーサーにもあった。このことからプレイヤーなら全員持っていると考えていいだろう。

何故《なぜ》こんなスキルを持たされたのか。俺はそういうものだと思って理由を深くは考えていなかったが、月嶋はこれこそがプレイヤーを狙った理由だと言う。今のところ因果関係があるように思えないが……説明の続きを聞くとしよう。

「クック……その様子ならお前にもあったようだな。もちろんオレにもある。壮絶《そうぜつ》なペナルティーが」

虚《うつ》ろ気味な目をした月嶋はそう言いつつ、こめかみを人差し指でとんとんと叩《たた》く。こちらの世界に来てからは思考力が低下して無気力となり、全てが灰色。絶望に染まったという。

全てはこの見慣れない固有スキルが原因。レベルを上げても消すことはできず、唯一《ゆいいつ》スキルに抗《あらが》う方法は、手に入れたいもの、やりたいことを制限なく考えて欲を膨《ふく》らませることだったという。

『その欲の一つが冒険者学校を支配することか？』

「……いや、それはまた別の話だ。話を戻すとその程度では気力を振り絞《しぼ》ったところで抗《あらが》うことは難しい。だからオレはこの呪いを削除《さくじょ》するべく、スクルドの能力を使って解析《かいせき》していたんだが……色々と見えてくるもんだな」

スクルドは《鑑定《かんてい》》と同等の能力を持ち、ダンジョンに関する知識も豊富。戦闘面では大幅《おおはば》に弱体化しているとはいえアドバイザーとしては優秀《ゆうしゅう》だったそうだ。そこで分かったのは、プレイヤー固有スキルは削除できず、逆にアップグレードは可能とのことだ。

だがそれくらいなら俺も知っている。以前に鑑定ワンドを使って《大食漢》を調べたことはあったが、わざわざ精神を蝕《むしば》む呪い《デバフ》を成長させるなんて馬鹿げている。当然スルーだ。

それに最近では状態異常を低減させる《フレキシブルオーラ》をリサから教えてもらったので、日々の生活に大きな支障をきたさなくなってきた。それでもじりじりと飢《う》える感覚は続いている。今後はもっとレベルを上げて、より強力な対抗魔法《たいこうまほう》を獲得《かくとく》することが一つの目標となっている。

「《フレキシブルオーラ》か。オレも利沙《りさ》に教わってからは救われた。それ以降は気力で何とかなる状態にまで持っていくことができたしな。だが、お前はアップグレードさせる意味を分かっているのか？」

……意味だと？　固有スキルをアップグレードしたとして、その精神負荷《ふか》を《フレキシブルオーラ》と精神力でどうにかできるならまだいい。だが一歩でもそのラインを越《こ》えてしまえば、飢えに耐えきれず思考の全てを食欲に持っていかれてもおかしくない。そのリスクを押してまでアップグレードさせる意味などあるのだろうか。

すると今まで静かに聞いていたリサがニコリと笑い、とんでもないことを言い出した。

「私たちの持つスキルは～……成長させていくと～……なんと。なんでも願いを叶《かな》えてくれるみたいなの」

『……なに？』

どうして呪いを成長させると願いが叶うんだ。叶うとしてどの程度までの願いが……いや、その前にどうしてそんなことが分かったのか。スクルドに解析能力があるのは知っているが《鑑定》と大して変わらない効果だったはず。そう月嶋に聞けば、スクルドの解析を［スキルライズアッパー］でさらに強化して調べたそうだ。

ダンエクのときは普通《ふつう》に《鑑定》の上位スキルやアイテムがあったので、貴重な［スキルライズアッパー］を中下位スキルの強化に消費するなんて考えられなかったが、いち早く固有スキルの情報を得られるならたしかにその価値はあると言える。

「レベルを上げていけば遅《おそ》かれ早《はや》かれ上位鑑定アイテムが手に入り、固有スキルの秘密についても知るときがくる。だからその前に、全プレイヤーを統制下に置きたかったんだ」

『……そこでどうして統制下に置くという話がでてくる』

「つまりね～？　月嶋君は、スキルのアップグレード目的にプレイヤー同士が殺し合わないようにしたかったみたいなの」

プレイヤー固有スキルをアップグレードさせるには、他のプレイヤーを殺す必要がある。それはスキルを解析したときにそう書かれていたので間違いないようだ。俺が《大食漢》を調べたときも、すでにアップグレード可能と表示されたが、それはつまりプレイヤーを殺したことがある、ということを意味する。

思い当たるのはあの骨野郎《やろう》……ヴォルゲムートしかいない。あれがプレイヤーだと確定して多少の動揺《どうよう》はあるが、あの時あいつを殺さねば華乃《かの》は死んでいた。そう考えれば後悔《こうかい》など微塵《みじん》もない。後で成仏《じょうぶつ》してくれと手くらい合わせに行きたいとは思うが。

とはいえだ、今の説明にはいくつか問題点がある。

『どの程度までの願いが叶うか書いてあったのか？　それによってはプレイヤーが争う理由にはならない』

「〝願いが叶えられる〟とだけしか書かれていなかったな。だが……こんなトチ狂《くる》った世界を作り上げる存在だ。何でもありと考えるのが妥当《だとう》だろ」

何でもありか。たとえば〝この世界の神になれる〟という願い。これくらいなら自力で何とかなる可能性は十分にある。ダンエクのときの俺達《おれたち》はまさに神のような存在だったし、そこまででなくともレベル50もあればこの世界の軍隊や冒険者は恐《おそ》れるに値しなくなる。思考力や精神力すらも増幅《ぞうふく》・改変できるし、時間すら操《あやつ》るスキルもある。

神になりたいという願いですら、危険なプレイヤーと戦ってまで叶える価値があるとは思えない。ならば〝元の世界に帰る〟という願いはどうか。こっちに連れてきたのだから戻すことだってできるはずだ。プレイヤーによっては殺し合う動機になるだろうが、戻るつもりのない俺やアーサーみたいな者にとっては何の価値もない。

では元いた世界の改変、もう少し踏《ふ》み込んで〝元の世界で死者蘇生《そせい》〟や〝元の世界の歴史改ざん〟などはどうか。しかしこれらにしても叶う確証がないのなら、やはり殺し合う理由としては弱い。というか、何でも願いが叶うと言われてホイホイと殺し合うほどプレイヤーは馬鹿ではない。

そも月嶋は、プレイヤー達が殺し合うから〝統制下に置いて阻止《そし》したかった〟と言うが、むしろ俺からすれば統制下に置こうとする月嶋こそがプレイヤーを殺してスキルアップグレードを狙う黒幕にしか思えない。

「信用が無ェのは百も承知だが、オレは願いを叶えてもらう気なんざ更々《さらさら》ねェ。せっかくこんな世界に来たんだ、欲しいもんは全て自分の力で手に入れてやる。だからこそ餡《あめ》を与《あた》えて殺し合いをさせようって魂胆《こんたん》が気にいらねェ。ソイツはどこぞで高みの見物してんだろうが虫唾《むしず》が走るぜ」

唾《つば》を吐き、苛立《いらだ》ちを見せる月嶋。プレイヤーにこんなスキルを持たせる一方で、なんでも叶えるという特典を与えた意味を考えれば、確かにこのシステムを作った何者かは俺達に殺し合いをさせたいようにも思える――が、それと月嶋の言うことを信じるのは別だ。

硬《かた》い態度を崩さない俺を見て、リサも擁護《ようご》に回る。

「ふふっ。私と月嶋君は決定的な利害に反しない限り、互《たが》いに行動や目的に介入《かいにゅう》しない相《そう》互不可侵《ごふかしん》の契約《けいやく》をするつもりだったのよ。だから一応は信じてもいいんじゃないかしら」

「オレはもうレベル上げレースからは離脱する。この先、お前に勝てるとも思えねぇし、大人しくしておくつもりだぜ」

疲労《ひろう》がなく死にもしないスクルドを潜《もぐ》らせ続けて経験値を荒稼《あらかせ》ぎし、全プレイヤーを出し抜《ぬ》いて最速で上級ジョブとなった。今この時点なら、どのプレイヤーが来ようとも圧倒《あっとう》し従わせることができるはず。

ズレたゲームストーリーは冒険者学校を支配し、従わせた貴族やプレイヤー達を総動員させれば赤城君やピンクちゃん抜きでも十分に対処は可能。そう判断して行動に移したわけだが——結果はまさかの敗北。

ここから先はスクルド単独で潜らせても狩《か》り効率が悪くなる一方なので、レベル上げレースからは脱落せざるを得ない。そうなればますます俺に勝てるビジョンが浮かばなくなる。今後は目立つことはしないと言って月嶋は肩を落とす。

「つーことで、話せることは全て話した。他に何か聞きたいことはあれば聞くが……」

『いや、今はもういい。だが警告しておく。これ以上ゲームストーリーを破壊《はかい》しようとするならば……容赦《ようしゃ》はしない』

「そうね～おかしな行動しないように私も見張っておくわ。何かあれば私が間に入って仲《ちゅう》介《かい》するつもりよ」

月嶋が決闘を企《くわだ》てた理由。その背後にあった彼の固有スキルと、その秘密。学校を支配しようとするなど納得しがたい行動は多々あるが、理屈は一応理解できた。とりあえず俺の方も変身薬の残り時間が心許《こころもと》ないので、ここではこのくらいの話が聞ければ十分だろう。

だがこれだけ派手に暴れてしまえばゲームストーリーを元通りにすることは絶望的だ。少しでも軌道《きどう》修正できるよう生徒会長の相良にも動いてもらいたいところだが、任期はもう僅かしかなく、八方塞《ふさ》がり感が否《いな》めない。

すでにゲーム知識が使えなくなっていたり、発生しなくなったイベントもでてきたはずだ。今一度ゲームストーリーを再点検し、優先すべきイベントがあれば早期にやっておくべきだろう。焦りは募《つの》るばかりだ。

「もう用がないならオレは帰るぜ……ここにいない四人のプレイヤーの管理は任せた。それじゃあな」

ポケットに手を突《つ》っ込み、若干《じゃっかん》猫背《ねこぜ》になりながら哀愁《あいしゅう》を漂《ただよ》わせて去っていく月嶋。

――だがちょっと待て。ここにいない四人のプレイヤーって誰のことを言っているんだ。

第18章 ✦ 新たな生徒会

ダンジョン20階にあるゲート部屋。隙間《すきま》なく石材が敷《し》き詰められているせいで暗く冷たい印象のあったこの場所は、いたるところに照明が付けられ、家具やベッド、テレビが置かれたりとやけに生活感が出ている。そんな場所にまだ声変わりのしていない少年の声が響く。

「これこれっ、やっぱこれがないとっ！　あぁ、うっまぁーい！」

すでに頬《ほお》をパンパンに膨らませているにもかかわらず、テーブルに広げられたスナック菓子《がし》を次々に口へ放《ほう》り込むアーサー。向こうの世界にもあったお気に入りの菓子らしく、大きな巻き角を上機嫌《じょうきげん》に振って喜びを表している。

無言で差し出されたコップに俺がコーラを注いでやると一瞬《いっしゅん》で飲み干して、また次を注げとばかりに差し出してきて顎《あご》で使ってきやがる。アーサーには決闘の件で借りがあるのでここ数日パシリをやらされているわけだが……そろそろ下剋上《げこくじょう》してもいい頃合《ころあ》いだと思っているがどうだろうか。

その隣《となり》ではリサが頬杖《ほおづえ》をつき、ニコニコとしながらチップスをちびちびと食べている。アーサーのむちゃくちゃな食べっぷりが面白いらしい。

「そんで、プレイヤーは全部で七人だって？　え〜と、今のところ誰がいるんだっけか。ボクと、災悪と、利沙ちゃんと〜……」

「月嶋君と、ヴォルゲムート君ね〜」

「……おい。ヴォルゲムートに〝君〟は付けなくていいだろ」

月嶋が言い放ったプレイヤー七人説。アーサーが指を折りながら俺達三人の名を言うと、リサがもう二人の名を挙げる。これで五人だ。

仮に七人説が本当なら、残り二人は分かっていないことになる……が、その前に。何故《なにゆえ》にヴォルゲムートを〝君〟付けで呼ぶのか意味が分からない。骨野郎で十分だと突っ込ませてもらおう。

「でも、なんで月嶋は七人って思ったのさ。もしかしてもう全員分かったの？」

「私と月嶋君の固有スキルから推測した、と言ってたわね〜」

こちらの世界に来たプレイヤーには、特定の固有スキルが強制的にスキル枠《わく》へ入れられている。それはいくつかのステータスを上昇《じょうしょう》させるバフ効果はあるものの、重要ステータスが大幅に下げられていたり、精神を蝕むような強烈《きょうれつ》なデバフ効果まで付いていて実に厄《やっ》介《かい》。しかも削除はできず、もはや呪いと言っても過言ではない代物《しろもの》だ。

俺の場合は《大食漢《たいしょくかん》》と言う、常時飢餓《きが》状態になるスキルがセットされていた。こちらの世界に来た当初は空腹で精神力を持っていかれ、加えて極度の肥満状態。まともに動くこともできず、ダンジョンダイブどころか階段を上がるのすら厳しかったことを思い出す。

同様にリサには《発情期》、アーサーには《焼き餅》という固有スキルが備わっていた。

俺はそのスキル名を見てもそれぞれの固有スキルに関連性があるとは思わなかったが、アップグレードさせたときのスキル名、《暴食《グラトン》》、《色欲《ラスト》》、《嫉妬《エンビー》》を並べてみれば、さすがに俺でも〝七つの大罪〟の罪業《ざいごう》名だと気づく。

逆に言えば固有スキルが〝七つの大罪〟をモチーフにしたのなら、固有スキルも罪業の数だけ種類がある、つまりプレイヤーも七人いると推測できるわけだ。

だとすると新たな疑問も浮かんでくる。

「じゃあ、後は……えーと？」

「私達以外の固有スキルは《傲慢《プライド》》、《強欲《グリード》》、《憤怒《ラース》》、《怠惰《スロウス》》の４つ。ちなみに月嶋君の固有スキルは《怠惰《スロウス》》だから～、所有者が分かっていないのは残りの３つね」

つまりこういうことだ。

・成海颯太《そうた》　《大食漢《たいしょくかん》》↓《暴食《グラトン》》
・新田利沙　《発情期》↓《色欲《ラスト》》
・アーサー　《焼き餅》↓《嫉妬《エンビー》》
・月嶋拓弥　《？？》↓《怠惰《スロウス》》
・ヴォルゲムート　《？？》↓《？？》
・不明　《？？》↓《？？》
・不明　《？？》↓《？？》

・不明スキル：《傲慢《プライド》》、《強欲《グリード》》、《憤怒《ラース》》

ヴォルゲムートはどれに該当《がいとう》しそうか。最初からやけに攻撃的《こうげきてき》だったから《憤怒《ラース》》っぽい気がするが、今となってはもう確実な答えなど望めず闇《やみ》の中だ。

隣でアーサーが指を折りながら誰がどんなプレイヤーなのかを頭に入れようとしていたところ、何かに気づいたのか新たな疑問を口にする。

「ねぇねぇ。利沙ちゃんが《フレキシブルオーラ》を教えていないなら、今頃《いまごろ》固有スキルを抑《おさ》え込めず頭がおかしくなってるんじゃないの？　ボクは精神攻撃耐性《こうげきたいせい》があるからまだ何とか理性は保ててたけどさ」

プレイヤーの固有スキルは際限なく所有者を疲弊《ひへい》させる。仮にリサから状態異常を緩和《かんわ》する《フレキシブルオーラ》を教えてもらっていないなら、通常の精神状態を保つことは難しい。仮に頭のおかしいやつが学校にいるなら、そいつはプレイヤーなんじゃないかと言っているのだ。

「うーん～……特に思い当たる生徒はいないわね。ソウタはどう？」

「月嶋以外でおかしいやつなんていたかな。もしかしたらアーサーやヴォルゲムートのようにダンジョンの中に飛ばされている可能性も考えられる」

ダンエクとこちらの世界のEクラスを比較《ひかく》しても、おかしな行動をする奴は月嶋くらいしか思い当たらない。他のクラスにいたとしても固有スキルが暴走すればその破天荒《はてんこう》な行動を耳にするはず。ならば消去法でダンジョンにいることになるが……

「そうなるとダンジョンダイブを続けていけば、いつかは出会うことになるのかしら。それも怖《こわ》いわね～」

少し考え込《かんが》むようにリサが憂慮《ゆうりよ》する。俺達は今後のゲームストーリーを乗り越えていくためにレベルを上げる必要があり、より深い階層に潜っていかねばならない。仮にそこで精神状態が悪いプレイヤーと出会ってしまえば即戦闘《そくせんとう》になりえる。

加えて月嶋が言っていた〝願いが叶う〟という特典。このせいで精神状態がまともであっても殺し合いの可能性が排除《はいじょ》できなくなった。まったく、こんなスキルさえなければもっと気楽にこの世界を謳歌《おうか》していたというのに……

気を重くして考えを巡《めぐ》らしていると、リサが水筒《すいとう》から香りの良い紅茶を注いでくれる。気分転換《てんかん》には丁度良い。早速《さっそく》手に取って飲みながら一息していると、リサは腕端末《うでたんまつ》の画面を開いて再び神妙《しんみょう》な顔をする。

「なんだ。また問題が起きたのか？」

「そういうわけでは……ん～これもある意味問題なのかしら。決闘が終わっていくつか動きがあったわ。ソウタにも通知来てない？」

見れば俺の腕端末にも通知が来ていた。生徒会から全生徒へ向けて一斉《いっせい》通知があったようだ。アーサーも何かあったのかと顔を寄せてくる。

「次期生徒会長候補を世良さんに一本化するそうね。早速、任命権を行使して副会長に周防皇紀《すおうこうき》君、特別顧問《こもん》として月嶋君が入るみたい」

対抗馬《たいこうば》だった足利が棄権《きけん》し、他の八龍《はちりゅう》が新たな候補を擁立《ようりつ》しなかったことで世良さんの生徒会長が事実上確定した。だがゲームであったときは、任命権を行使するのは夏休みが明けてからだったはず……いや、それ以前にこの人事は何事だ。

「何で月嶋が……って、世良さんが無理に引っ張ったんだろうな」

「どういうこと？　それに周防と桔梗《ききよう》ちゃんって犬猿《けんえん》の仲じゃなかったっけ。ゲームでもバチバチにやりあってたじゃん」

世良さんはあの決闘以降、月嶋を〝勇者様〟と呼んで、周りが驚《おどろ》くほどに慕《した》い始めた。月嶋の住む男子寮《だんしりよう》まで出向き、押《お》しかけ女房《にようぼう》のように世話する姿を目撃《もくげき》されている。それを聞くたびに俺のジェラシーゲージは鰻登《うなぎのぼ》りである。

一方の周防も敗北した月嶋から離《はな》れるようなことはせず、月嶋を慕う世良さんとも積極的に行動を共にしている。二人の中学時代からの因縁《いんねん》はどうなってるんだとアーサーが首を傾《かし》げるが、月嶋の持つ知識と力の前には些細《ささい》なものと考えたのだろう。

だがこの三人で生徒会を動かすというのはどうなのか。月嶋にはこれ以上暴れないようにと約束はさせたはずだけど、正直不安でしかない。

「……それと第一魔術部《まじゆつ》と〝聖女機関〟が険悪な状態になっているようね。放っておくとそのうち問題になるかもしれないわ」

八龍のうち、いくつかの派閥《はばつ》は男子寮の前で張り込《こ》んで月嶋に接触《せつしよく》しようと試みていた。そのため世良さんは実家の聖女機関に所属する巫女《みこ》を動かして護衛させたのだ。痺《しび》れを切らした第一魔術部は強引《ごういん》に護衛を突破《とっぱ》したため、聖女機関と一触即発《いっしょくそくはつ》の状況《じょうきょう》となっていたらしい。

「第一魔術部か――……そういえば一色乙葉《いっしきおとは》がいたよな。ダンエクならこの時期の桔梗ちゃんとは仲が良かったのに、もう本性《ほんしょう》を現したのか」

「世良さんよりも、月嶋《つきしま》君に関心が向いたようね～」

第一魔術部と聞いて、ゲームストーリーに登場する一色を思い出したアーサーが、眉《まゆ》を寄せて懸念《けねん》を示す。

部長である一色は小柄《こがら》で可愛《かわい》らしく、いつも柔和《にゅうわ》な笑《え》みをたたえているので一見すればヒロインと勘違《かんちが》いしそうになるが、その実、非常に苛《か》烈《れつ》な性格で野心的。加えて強烈な貴族主義思想を持つ厄介な人物だ。ゲームストーリーでもEクラスを抑え込んでいた主犯格の一人であり、赤城君、もしくはピンクちゃんが上位クラスを倒《たお》した暁《あかつき》には激しく衝突《しょうとつ》することになる。

それでもゲームストーリー通りならば後々、赤城君の側に立つ世良さんと衝突することになるものの、この時期の一色はまだ大人しく、次期生徒会長戦でも世良さんの後ろ盾《うしろだて》となって緊密《きんみつ》な関係を築いていた。今の時点ですでに険悪になっているのは早すぎる。とはいえ、あの決闘を目の当たりにすれば月嶋に興味が移るのも不思議ではない。

「で、月嶋が勝手に自爆《じばく》するだけなら楽でいいけど、それで済まないよね？　一色とか桔梗ちゃんの背後にはヤバいのがウヨウヨいるし、そいつらまで表に出てきたらゲームストーリーは本格的にめちゃくちゃになっちゃうよ？」

「それも悩《なや》ましい問題ね～」

「……今のところは世良さんの陰《かげ》に大人しく隠れているしかないだろうな」

月嶋は本来なら己《おのれ》の力を見せつけた上で八龍を恐怖《きょうふ》で支配し、こういった事態にさせないつもりであったようだが、その前に俺達に敗北してしまった。おかげで今も八龍の手綱《たづな》を握《にぎ》れていないままだ。となれば第一魔術部のように強硬《きょうこう》手段を取ってくる派閥がでてきてもおかしくない。

さらに八龍の背後にいる奴らまで出張ってくるなら、ダンエクでいう学校内イベントをすっ飛ばして、中盤《ちゅうばん》を越えるところまでストーリーが進んでいるのと同じ状況になる。まだ入学して半年も経《た》っていない赤城君達《たち》がその状況でどうこうできるわけがなく、俺達が全て何とかしなければならない。

だが月嶋が生徒会員となることで状況は変わるかもしれない。生徒会員は生徒にペナルティを与えられる権限を持つため、貴族であっても容易に手出しできなくなるからだ。世良さんもそれを狙って月嶋を生徒会に引き込んだ可能性もある。

（これで一色達が大人しくなれば一件落着――）

――なわけがない。

周防と月嶋がいる生徒会なんて不安でしかないし、その二人を隣に置く世良さんがどう動くのかも予測できない。ゲームのようにEクラス救済のための学校運営をしてくれるのかは、はなはだ疑問だ。せめてリサが近くで見てくれれば……あれ？

「ちょっと聞いておきたいんだが、リサは生徒会に誘《さそ》われてないのか？」

「誘われはしたけど～断ったわ。ソウタ側にいるって完全にバレたわけだし、もう重要な情報は私の前では話さないと思うわよ。それに～私が世良さんの近くにいるのは避《さ》けておきたいの」

「桔梗ちゃんのラスボス化かー。周防も一応ボスだし、生徒会に入ったとしても居心地《いごこち》は最悪そうだなー」

ダンエクでは女プレイヤーでスタートするとストーリーの分岐次第《ぶんきしだい》では世良さんがラスボスになるルートもある。敵対すれば背後にいる聖女機関が敵となり日常生活においても身動きが難しくなる。万が一を考えてリサの言う通り、離れていたほうが無難だろう。

「それと、早瀬《はやせ》さんも生徒会に誘われていたわよ――というより月嶋君が誘ったみたいだけど断られたみたい。あんな冷たくされたら断るに決まってるのにね～」

「そりゃそうだろうけど、カヲルは生徒会なんて興味ないだろ。今は自分のことで精一杯《せいいっぱい》なはずだ」

今回の決闘にはカヲルも巻き込まれ、散々な目に遭わされていた。月嶋を止められぬ己の弱さを嘆《なげ》き、涙を流す姿には心が痛んだが、そこにはダンエクのカヲルにも劣《おと》らぬ強さも垣間見《かいまみ》れた。

あとはゲームストーリー通りに赤城君達と切磋《せっさ》琢磨《たくま》していけば本物のヒロインとなれる——はずだったのだが、そのゲームストーリー自体が怪《あや》しくなってしまった。八龍にも一目置かれる生徒会員がEクラスから輩出《はいしゅつ》されたとなれば、上位クラスや八龍との抗争《こうそう》イベントが発生するかは非常に疑わしい。

自分を引き上げるライバルが現れないのなら、俺が思《おも》い描《えが》く成長ルートも期待できない。だからといって赤城君やカヲルの成長を諦《あきら》めるという選択肢《せんたくし》はなく、今後起きるであろう悲惨《ひさん》な未来を回避《かいひ》するためにもテコ入れは急務となっている。

「そのテコ入れだけど、早瀬さんが仮面の人物は誰《だれ》かと何度も聞いてきたわ。剣《けん》を教えて欲《ほ》しいんだって」

「剣を？　カヲルにはリサが教えたほうが合っているだろ」

「災悪の剣は、いくらカヲルちゃんでも厳しいんじゃないかなぁ。あ～あ、魔法《まほう》戦ならボクが教えてあげられるんだけどなー」

剣道《けんどう》から派生させた正統派の日本剣術《けんじゅつ》、それがダンエクでのカヲルの剣だ。数多《あまた》の闘《たたか》いを経験し洗練された彼女《かのじょ》の剣は強く美しく、多くの者達が憧れるものだった。ただ単に対人戦を繰《く》り返して身に付けただけの俺《おれ》が出しゃばるべきではないだろう。

一方で西洋剣術の使い手であり日本剣術にも精通しているリサならばカヲルの良さを最大限に引き出せるのではないかと言うと、リサは空を見て思案するようにそのときのカヲルの様子を語る。

「それがね～剣を教えてもらいたいというよりは、もっと切実な感じがしたのよね～。私の感だけど、あれはまるで――」

「あっ、来たかな？」

リサが何かを言いかけたとき、ゲートの紋様《もんよう》が紫色《むらさきいろ》に光り、部屋全体が紫色に染まる。出てくるのは恐らくあの二人だろう、アーサーが待ってましたとばかりに立ち上がる。

「――っとぉ！　たっだいまー！　お米とお野菜いっぱい持ってきたよー！」

「炊飯器《すいはんき》とコンロはこっちに置くねっ……よっと。お肉はたくさん取れた？」

両手に袋《ふくろ》を持った華乃がツインテールを元気よく揺《ゆ》らして飛び出てくると、続いて箱をいくつか抱《かか》えたサツキも入ってきてテーブルの上にそっと置く。

「食べきれないほど、い～っぱい取ってきたよ。皐《さつき》ちゃん」

「わぁ～すっごーい！　あれ全部が〝マムゥのマンガ肉〟なの⁉」

「もーっちろん。実はボクまだ食べたことないんだけど、トカゲなんて本当に美味《おい》しいのかな」

アーサーが胸を張りながらキッチンテーブルの上に積まれた巨大《きょだい》な骨付き肉を指差すと、華乃が目をキラキラと輝《かがや》かせる。あれは俺とリサとアーサーがここに来る前に走り回って取ってきた、マムゥの肉だ。

マムゥは2～3mくらいの獰猛《どうもう》な人喰《ひとく》いトカゲで、稀《まれ》にドロップする肉は非常に美味しく、市場では100g数万円という価格で取引されているほど人気がある。しかし個体数は少なく、不利になるとすぐに逃《に》げてしまうため倒すことはかなり難しい――が、俺達は大量に群れている狩場《かりば》を知っているので三人で仕掛《しか》けを作って囲い込み、楽々と一網打尽《いちもうだじん》にしてきたわけだ。

ということで、これから何をするつもりかと言えば、焼肉パーティーである。現状としては先ほど話し合っていたように問題が山積し、考えるべきことも多々ある一方、月嶋の暴走という難局を皆《みな》で手を取り合って乗り切れたことは自信と希望につながった。今日くらいは楽しんでおくのも悪くないと思い、ささやかながら計画し集まったのだ。

「じゃあゲートだすからついてきてね、可愛い女の子にはボクがエスコートしちゃうよ。災悪、お前はあそこに置いてある肉と荷物、全部持ってこいよ」

「……あいよ」

まったく人使いが荒《あら》い魔人《まじん》である。

元々の予定ではこのゲート部屋でパーティーをやるつもりだったのだが、薄暗《うすぐら》い上に狭《せま》く、煙《けむり》がこもりやすいので却下《きやつか》となった。この上にある大聖堂広間は明るくて広さもあるのだが他の冒険者《ぼうけんしや》が入ってきてしまう可能性があり、いつぞやのようにトラブルになる可能性もある。他にも15階のようにアーサーが人型を保てる場所はあるものの、処刑場《しよけいじよう》で焼肉パーティーなどしたくはない。ならばどこでやるかというと——

「ふんふん♪　はいっ《ゲート》。そういや家に帰るのは久々だなぁ」

鼻歌交じりに手首を返して魔力《まりよく》を放出すると、紫紺《しこん》色の大きな光がスッと現れる。この魔法さえあればどんなに遠くでも一瞬で行き来できるので気を抜きそうになるが、今から行く場所は俺達の実力では簡単にたどり着けるような場所でないことを肝《きも》に銘《めい》じなければならない。

「こ、この中って……もう38階層なんだよねっ。もしモンスターが一体でもいたら……」

「モンスターはいないよ。あ、でもちょっとだけ寒いから風邪《かぜ》引かないようにね？」

いきなり現在の日本の〝最深部到達《とうたつ》記録〟を大きく飛び越えた場所へ行くことにサツキが及《およ》び腰《ごし》になっているが、アーサーの家周辺はモンスターがポップしない特別エリアなので一応は安全なはずである。ただし年中雪が降り積もるような場所に建っているため、ここよりは気温がずいぶんと低い。といっても前もって上着は持ってくるように伝えているのでそちらも大丈夫《だいじょうぶ》だろう。

早速ジャンパーを取り出して袖《そで》を通した華乃が足踏《あしぶ》みしながらゲートに飛び込む準備をしている。だが最初に飛び込んだのはリサだった。

「一番乗り、いただくわね～……よっと」

「じゃあ2番はもらったー！」

全く物怖《ものお》じすることのないリサが最初にゲートへと入り、続いて米と野菜を抱えた華乃が目をキラキラさせて飛び込んでいく。サツキも観念したのか、そろりと片足ずつ入っていく姿が面白《おもしろ》い。

俺も美味と言われる肉の味に期待しつつ、意気《いき》揚々《ようよう》と紫紺の光に飛び込むことにした。

第19章 ✦ 魔人の住まう城

ゲートから出てみれば、真っ白な世界が広がっていた。

鉛色《なまりいろ》の空からは雪が吹《ふ》き付けており、植物など見渡《みわた》す限りどこにも生えていない。鼻を通るツンとするような冷たい空気からして、気温は軽く0℃を下回っていることが分かる。

「さ、寒いっ～！　そしてこの魔力濃度《まりょくのうど》！　ここが38階なんだね！」

「一面の銀世界……こんな、場所が本当にあるんだ……」

寒さに身を縮めながら華乃とサツキが周囲をしきりに見渡している。21階から30階までの暖かいサバンナMAPとは打って変わり、31階から40階は氷に閉ざされた氷結MAPとなっている。アーサーの家があるのもその領域で、年中雪が降る凍《い》てつく山の頂きにそれは建っている。

「それでえーと……えっ？　あれがアーサー君の家なのかな。思っていたよりずいぶんと大きいんだけど……」

「ボクの家っていうか、しばらくあそこを間借りしてるだけなんだけどね」

白い息を吐《は》きながら華乃が見上げているのは、家——ではない。いくつもの塔《とう》が不規則に延《の》びていて、無数にある窓からは不気味な光が漏《も》れ出し、高さも数十mくらいあるゴシック様式の巨大な城。通称《つうしょう》〝悪魔《あくま》城〟と言われている魔人の住む城である。

ちなみにこの世界ではダンジョン20階のことを悪魔城と言っているが、あれは偽物《ぱちもん》で、魔人の住むこちらが本物である。その蘊蓄《うんちく》を聞いた華乃が首を傾げる。

「魔人が住む城なのに悪魔城？　魔人城じゃないのはどうしてなの？」

「それはね、華乃ちゃん。魔人は悪魔をたーくさん呼び出すからだよ」

何故〝魔人城〟ではなく〝悪魔城〟なのか。それは魔人が冒険者を撃退《げきたい》するために、固有能力《悪魔召喚《サモンデーモン》》を使って大量に悪魔を呼び出すからだ。そうなった場合、あの城全域が悪魔だらけになって大変なことになるとアーサーが眉を寄せて困った顔をする。

悪魔は特殊《とくしゅ》能力を持ち、知能も高く、戦うとなれば厄介なモンスターだ。20階の特殊フロアボスとして登場した大悪魔《レッサーデーモン》が記憶《きおく》に新しいが、あいつは悪魔の中では最下級、つまりモブ悪魔にすぎない。

中級悪魔ともなればより強靭《きょうじん》な肉体能力を持ち、高度な精神攻撃《こうげき》や大魔法すらも平然と操ってくる。今の俺達ではそいつが1体現れただけでも全滅《ぜんめつ》は確定する。魔人はそんな悪魔をこれでもかというくらい召喚《しょうかん》してくるので、あの巨大な城全域が悪魔だらけになってしまう。だからダンエクプレイヤーから〝悪魔城〟と呼ばれるのだ。
大規模攻略《こうりゃく》クランの中に交じり、無数の悪魔達《あくまたち》が跋扈《ばっこ》する魔人戦は今となっては良い思い出である。

「も、もしかしてその《悪魔召喚》って、アーサー君も使えるのかなっ？」

「今は使えないけど、でも頑張《がんば》れば使えるような気もするんだけどなー……うぬぬ！」

サツキに恐る恐る問われたアーサーが手を突きだして悪魔を召喚しようと試みるが、万が一にでも成功してしまったら面倒《めんどう》くさいのでやめていただきたい。

この能天気っぷりを見ていると忘れそうになるがアーサーは魔人である。俺がブタオの体に入っているようにアーサーは魔人の中に入っているわけだが、俺とブタオのような意識融合《ゆうごう》はしておらず、魔人の意識は分離《ぶんり》したまま完全な眠《ねむ》りについている。だから今のアーサーは魔人の記憶は呼び起こせないし、特殊能力も一部しか使えない。

あの体の持ち主はダンエクでも稀に登場し、目の前に聳《そび》え立つ城に隠《かく》れ住《す》んでいた気弱な子供の魔人だった。ほとんど冒険者の前に現れないので超がつくほどのレアキャラだったわけだが、何の因果か陽気でちゃらんぽらんなアーサーに完全に乗っ取られてしまったわけだ。ご愁傷様《しゅうしょうさま》としか言いようがない。

「うぅ～それよりもここは寒すぎるわ。雪も強くなってきたし早く入りましょう？」

「た、確かにっ！　アーサー君、案内お願いっ！」

話している間、ずっと内ももを擦《こす》り合わせて寒さを耐《た》えていたリサであったが、そろそろ限界のようだ。上着は持ってきているけど下はスカートなので足がむき出し。この寒さではさすがに厳しいだろう。華乃も手が冷たくなっているようで早く家の中に入れてくれと催促《さいそく》する。

肉体強化がある程度の気温変化に耐性《たいせい》がつくものだが、寒いものは寒い。話なら中に入ってからでもできるので、さっさと入れろと俺も催促しておくとしよう。


降り積もった雪を踏み固《かた》めながら数分ほど歩いて城の正面に到着《とうちゃく》すると、巨大な鉄城門がまるで主《アーサー》を迎《むか》え入れるかのように音を立てて独りでに開く。その向こう側には明るいエントランスが広がっていた。

「思ってたよりも綺麗《きれい》で豪華《ごうか》なんだけどっ、アーサー君って……もしかしてお金持ち？」

「お金なんて何にもないんだなーこれが」

エントランスの造りは石造りの古めかしい印象があるものの、雰囲気《ふんいき》は西洋の小洒落《こじゃれ》た古城といった感じだ。石床《いしどこ》には綺麗な赤い絨毯《じゅうたん》が敷かれおり、天井《てんじょう》のシャンデリアと石壁《いしかべ》のロウソクが暖かい光を放ち、出迎《でむか》えてくれている。それらを見た華乃が金の臭《にお》いがするぞと目を輝かせる。

確かにこんな城をダンジョン外で建てるとなれば何十億もの金がかかるだろうけど、ここもダンジョンの一部なので建築費などは一切《いっさい》かかっていない。そもそも「宵越《よいご》しの金は持たねえ」がモットーのアーサーが金など貯《た》められるわけがないのである。

「パーティーやるならここでもいいけど、〝玉座の間〟のほうが広いしそっちのがいいかな。どっちでやる？」

「玉座⁉　玉座でやろうよ！」

「温かいほうがいいわね〜もうすっかり芯《しん》まで冷えてしまったし」

このエントランスは気密性があまり高くないようで門が閉じられても冷たい隙間風《すきまかぜ》が入ってくる。一方で玉座の間は広くて造りも堅牢《けんろう》らしく、寒さで困り顔のリサとしてはそっちのほうが助かるだろう。

広い城内の無駄《むだ》に横幅《よこはば》のある階段を何度か上がって、無数のドアがあるホテルのような長い廊下《ろうか》を歩き続ける。もう結構な距離《きょり》を進んでいるはずだが、一向に目的地に到達しない。明らかに外から見た建物の大きさを超えているのでは……そんな疑問符《ぎもんふ》をつけながらアーサーの後ろをついていくと、大きな両開きの扉《とびら》がようやく見えてきた。ここが玉座の間らしい。

本来ならこの先は魔人と勝負を決する場……なのだが、この城の主――つまりはアーサーの体の持ち主――は冒険者に対して中立の魔人だったので、ここが戦場となったことは一度もない。

早く中を見てみたいと華乃《かの》が逸《はや》るように扉を押し開いてみれば、壁《かべ》や天井には簡素ながら装飾《そうしょく》が施《ほどこ》してあり、一段高くなった玉座の周囲には赤く綺麗な紋様の絨毯が敷かれ、中世の王侯《おうこう》貴族が使っていたような豪奢《ごうしゃ》な部屋が広がっていた。それは想像していた通りであったのだが問題は――

「どうしてこんなことになってるんだ？」

部屋の中をぐるりと見渡したアーサーがぽつりと疑問を口にする。壷《つぼ》らしきものは砕《くだ》け散り、絵画だったものは引き裂《さ》かれ、玉座は横倒《よこだお》し。部屋全体に敷かれていた絨毯もところどころ穴が開いていたりと、まるで強盗《ごうとう》に遭《あ》った後のよう。しかもところどころ焦《こ》げたような跡《あと》まである。

家を出る前は綺麗な状態だったはずなのにとアーサーが首を捻《ひね》っているが、だとすれば家を出た後にこうなったということだ。

元凶《げんきょう》は何か。俺にはあれのせいに見えるんだが。

「えーと、あそこに何かいるけど……？」

華乃が指差したのは、広い部屋の中央で仰向《あおむ》けになって寝《ね》そべっている体長２ｍくらいの謎《なぞ》生物。体はずんぐりとした丸いフォルムで、三頭身くらいの巨大な頭と牙《きば》の生えた大きな口。動物で例えるなら太った〝カバ〟だろうか。


様子を見るために静かに近寄って観察してみると、表皮は赤褐色《せきかっしょく》の鱗《うろこ》で覆《おお》われており、背中に蝙蝠《こうもり》のような小さな翼《つばさ》まで生えているので、ただのカバではないことが分かる。こんな珍獣《ちんじゅう》がいた記憶はないが……何の種だろうか。

「何この子、可愛いかもっ。絶対いい子だよ！」

「可愛い……うーん、可愛いのかなぁ？」

謎生物の寝顔《ねがお》を間近で覗《のぞ》き込みながら華乃とサツキが〝可愛いのか談義〟をしているのに全く起きる気配はない。それどころか呑気《のんき》にも大きな鼻ちょうちんまでしてやがる。仮にモンスターだとしたら即《そく》失格の烙印《らくいん》を押さねばなるまいと思っていたところ、アーサーが一歩前に出て驚くべき行動にでる。

「こらっ、起きろ！」

『――――ンギャ!?』

涎《よだれ》を垂らして熟睡《じゅくすい》している謎生物にゲンコツして乱暴に叩《たた》き起こすアーサー。すると金色の瞳《ひとみ》をクワッと開いて飛び起き、警戒《けいかい》態勢に入る。

【ご主人⁉　ぬぁっ……ニンゲンがいる⁉　ご主人を襲《おそ》おうとする不届き者は――】

「馬鹿！　ボクの友達だから手を出すなっ！」

【ンギャー、お友達⁉】

大きな口を開けて襲い掛《か》かろうとしてきたところをアーサーがもう一発お見舞《みま》いし、転がっていくカバ。皆が目をぱちくりさせて状況を掴《つか》めずにいるが、どうやら知り合いらしい。

【……そうとは知らず失礼をば。何にも用意できてないいんだ……ゆるりとおくつろぎください】

「こ、こちらこそっ。今日はアーサー君にお招きいただきました。よろしくお願いします」

俺達《おれたち》の前まで四つ足でテクテクと歩いてきて大きな頭を下げたと思ったら、幼い子供のような高い声で喋《しゃべ》るカバ。サツキもそれに向かってぺこぺこと挨拶《あいさつ》するけど実に珍妙《ちんみょう》な光景である。

人語を介《かい》して冒険者とコミュニケーションできるモンスターというのは、非常に限られ

ている。ダンエクでも一部の上級モンスターくらいしか記憶にないが……何だか嫌《いや》な予感がするぞ。

「そ・れ・よ・り・もだ。こんなにも散らかしたのはお前か？　せっかく綺麗な部屋だったのに」

〖違《ちが》うんだ！　ここを荒《あ》らす不届き者がいたから、我は見張ってたんだ！〗

「でも……寝てたよね？」

〖……何のことだか分からないんだ〗

再びゲンコツの構えを取るアーサーに、カバは首を引っ込めながら無実だと釈明《しやくめい》する。

しかしこの城のある38階層に冒険者が来られるはずがないし、モンスターもこの一帯にポップすることはない。この部屋を荒らしていた犯人がこのカバでないのなら、一体誰の仕《し》業《わざ》か。

だけど見張ってたという割には見事な熟睡っぷりだった。そう華乃にツッコミを入れられると、カバはデカい顔を背《そむ》けてすっとぼける。かなりのお調子者らしい。

「でも〜犯人が別にいたとしても、アーサー君がいるなら大丈夫よね〜？」

「まぁね。この家じゃボクは無敵だし」

この悪魔城には城主である魔人を強化する装置がいくつも仕掛けられており、強力な恩恵《バフ》を同時に複数受けることができる。仮に悪さをしようとする奴《やつ》がいたとしても問題ないよね、とリサが笑顔《えがお》で確認《かくにん》すると、アーサーが自信たっぷりに頷《うなず》いて肯定《こうてい》する。

とはいえだ。俺達は単に飯を食いにきただけであり、荒らした犯人を懲《こ》らしめにきたわけではない。出会わぬうちに手早く支度《したく》を済ませて肉を食いたいところだが……

（ちょっと荒れすぎなんだよな）

ここもダンジョン内なので放っておけば自動修復効果により壺や絵画も元通りになる。荒れたことに対しては気にすることないのだが……これほど部屋を荒らされていると飯の味が落ちてしまう。簡単に破片《はへん》やらを部屋の隅《すみ》にのけておくくらいはしておこうとサツキが提案する。ならば持ってきた箒《ほうき》を皆に手渡《てわた》して片付け開始だ。

皆が動いているその傍《かたわ》ら、俺は片付いたところに持ってきた機器を取り出して設置していく。

「とりあえず持ってきたバーベキューコンロとテーブルはここに置いとくぞ。あと肉も」

「お米は最初に炊《た》いておいたほうがいいよねっ、電源タップ借りるよっ」

『さっきから良い匂《にお》いがしてるけど……何をするんだ』

テキパキと部屋を片付けていたサツキが、次に炊飯器で米を炊くために魔石発電機能付きの電源タップの調子を確かめている。俺はその後ろで取ってきたマムゥのマンガ肉をテーブルに積んでいると、鼻をひくひくとさせた謎生物が近寄ってきたではないか。

〘これ、とっても良い匂いがするんだ〙

「……マムゥの肉だ。いっぱいあるし、お前も食っていくか？」

〘さすがはご主人のお友達なんだ！　もちろん食べていくんだ！〙

目の前でそんなに涎を垂らされては誘うしかないじゃないか。まぁ肉は食いきれないほど取ってきたし、分けてやっても問題ないだろう。

（しっかし、見れば見るほど不思議な生き物だな）

カバなのか、トカゲなのか。普通《ふつう》にコミュニケーションできているので人間と同じ常識が通用すると考えてしまうが、魔人のように全く違う精神構造をしている可能性もある。

一体何を考え、何を知っているのか。興味が尽《つ》きない。

片付けが終わって箒をしまっていたリサもこの謎生物に興味津々《きょうみしんしん》のようで、肉を熱心に見つめるカバをぐるりと回り込みながら物珍《ものめずら》しそうに観察している。

「アーサー君、この子は元からこの城にいたの？」

「この奥《おく》の倉庫に、で～っかい卵があってさ。ゆで卵にして食べようと鍋《なべ》で煮《に》てたらこいつが生まれたんだよね。熱湯なのに全然平気なの」

『ご主人が我を孵《かえ》してくれたんだ、感謝してるんだ』

「……ということは、この子はまだ生まれて数ヶ月なのね」

巨大な卵があったと腕《うで》で大きな輪っかを作っているアーサー。そんな得体の知れない物を食おうとしてたのかよっ！　とツッコミを入れたくなるが、その前に、いくつか疑問が浮上《ふじょう》したので考えを巡らすことにする。

まずアーサーが卵を孵《かえ》したということはリサの言う通り、このカバは生後数ヶ月ということになる。にもかかわらず、多少おかしな部分はあれど人間の言葉をほぼ正確に操《あやつ》って意思疎通《そつう》までできている。そんな短期間でここまで言語を理解することがはたして可能だろうか。

可能だとして、いつ、どうやって学んだのか。ほとんど城にいなかったアーサーから学んだというのはいくらなんでも無理がある。

さらに卵生《らんせい》という問題。モンスターは通常、突然《とつぜん》現れる黒い靄《もや》から生まれるものだが、卵生のモンスターも少ないが存在する。だがこの38階層付近にそんな大きな卵を産むモンスターがいた記憶はない。恐《おそ》らくアーサーの体の持ち主がどこぞの階層から仕入れてきたのだろうが、それは何の卵だったのか。下手すると強大なモンスターの卵の可能性もあるわけで。

それらを全て聞き出したいところではあるが——

（こいつが何であれ、悪い奴じゃなさそうだしな）

肉を見つめて涎《よだれ》の海を作っている〝ゆるキャラ〟のような謎生物。間が抜《ぬ》けているようで実は俺達を油断させる演技でした、なんてことはまず無いだろう。華乃もずいぶんと気に入ったようで、よしよしと巨大な頭を何度も撫《な》で続けているし、俺としても異種間交流と思って仲良できればそれでいいと、疑念を投げ捨てることにした。

それでもリサの興味は尽きないようで、カバンから短い杖《つえ》を持ち出しカバの前でしゃがみ込む。

「君、ちょっと《鑑定《かんてい》》いいかしら」

［ンギャ？　それはなんだ？］

「リサっ、手が空いてるなら豚汁《とんじる》お願いっ」

カバがつぶらな瞳でリサの鑑定ワンドを見上げるが、後ろで炊飯器をいじっていたサツキが調理に入るべく、忙《せわ》しなく動き始めた。リサも頭を撫でながら「後でね」と言い残し、持ってきた食材と鍋を取り出して調理に移る。こいつの相手はいつでもできるし、まずは飯だ。俺もいっちょやりますか。

「カットした肉、もう焼いていくぞー」

「あ、私もおにぃと一緒《いっしょ》に焼く！　持ってきたタレ出して」

「サツキ、こっちのお鍋を使うわよ～」

「うん、私も手伝うよっ」

サツキが手早く切った野菜を大きな皿に移していき、その隣《となり》でリサが大きな鍋に水を入れて火をかける。サツキによればリサの豚汁は美味しいとのことで楽しみである。

肉の前に陣取《じんど》った華乃には成海家に伝わる秘伝のタレ――お袋が昔テレビ番組で覚えて作ったもの――とハーブを手渡し、並べてある肉に塗《ぬ》っていけと指示しておく。俺はバーベキューコンロの中に炭を積んでいく係だ。マムゥの肉は脂《あぶら》が多いので火加減も注意してみないと焦げてしまうらしいが……焼きながら調節すればいいか。

火が小さめについたのを確認し、試《ため》しにステーキ状のマムゥ肉を網《あみ》の上に置いてみる。すぐにわずかな煙と香《こう》ばしい匂いが立ち込める。

〖ンギャー……すんごく、良い匂いがするんだ。いつも食べていた魔石とは全然ちがうんだ〗

「そういえばお前、ずっと魔石食べてたけどあれ美味《うま》いのか？」

〖美味いのもあれば、不味《まず》いのもあるんだ〗

アーサーが暇《ひま》つぶしに倒していた大量のモンスターの魔石を食って成長していたというカバの証言によれば、基本的に魔力を使い果たして死んだモンスターよりも、元気なモンスターを瞬殺《しゅんさつ》して得た魔石のほうが美味いとのこと。

しかし俺の焼く肉を見ながら大量の涎を垂らしていることから、通常の飯も食えるらしい。試しに肉の一切れをつまんで口の前に持っていってやれば、鋭《するど》い牙の生えた巨大な口を大きく開いて目にもとまらぬ速さで食いついてきた。

「熱いから気を付けろよ」

『んうむ、なーんだこれ、美味いんだー……初めて魔石以外を食べたんだ。肉ってこんなにも美味しいんだー……』

熱々の肉を一口で食べたので火傷《やけど》などしていないか心配であったが、何ともない模様。ゆっくりと咀嚼《そしゃく》し肉の美味しさに目覚めたのか、あのとき我を襲ってきたニンゲンを食べておけば良かったと謎の証言まで始めやがった。一体どこのニンゲンのことを言っているんだ。

『我はご主人が留守の間、家の付近を毎日警備して歩いているんだ。そこでニンゲンと出会ったんだ』

「それはどんな人間だった？　冒険者か」

『ボロボロの服を着てたんだ。我を襲ってこの部屋荒らしたのも、そのニンゲンなんだ。多分まだこの付近のどこかにいると思うんだ』

俺がニンゲンとやらについて詳細《しょうさい》を問うと『魔石を食べて寝ていたら、いきなり襲われたんだ』『話しかけようとしても逃げられたんだ』『その後も襲われたりこの城を荒らすような行動が続いたから、この部屋の中央で待ち構えて反撃《はんげき》に備えていたんだ』とのことだ。

……反撃と言う割には気持ちよさそうに寝ていたけど、こいつの精神性は想像以上に図太いらしい。

（しかしこれは問題があるんじゃないのか？）

カバの新証言に、互《たが》いが顔を見合わせて考《かんが》え込む。

この38階層にたどり着ける冒険者がいた。それはつまり、こちらの世界の冒険者に対する認識《にんしき》を大きく改める必要がでてきたことを意味する。

「それって〜〝カラーズ〟の記録した33階が日本ダンジョンの到達記録ではない、ということかしら」

現在の日本の〝最深部到達記録〟は、以前にテレビ中継《ちゅうけい》していた〝カラーズ〟のダンジョン33階ということになっている。しかしそれが違ったとすると、あの中継は茶番だったのだろうか。

「ここに来られるほどの冒険者がいるなら、のんびり焼肉パーティーなんてしてる場合じゃないかもねっ。もしかしたらトラブルになるかもっ」

『大丈夫なんだ、我のほうが強いんだ』

頬《ほお》に人差し指を当てて不思議そうに考え込《こ》むリサに、柳眉《りゅうび》を下げて不安な様子を見せるサツキ。

これまでアーサーの城には誰も到達できないと思って気兼《きが》ねなく寛《くつろ》ぐつもりだったのに、仮にレベル40の冒険者集団がこの場に来てしまえば俺達は手も足も出なくなってしまう。サツキが不安になるのも当然だ。

一方でカバは『もし戦いになりそうなら返り討《う》ちにしてやるんだ』と気炎《きえん》を吐いているが、悪いけどお前は太ったカバにしか見えないので頼《たよ》りにしようとは思えない。危ない場面がきたらバフてんこ盛りのアーサーに何とかしてもらうよう頼《たの》んだほうが良いだろう。

そんな心配をよそに華乃が黙々《もくもく》と肉を焼き続ける。玉座の間にはマムゥの脂身《あぶらみ》の焼けた匂いが充満《じゅうまん》し、カバの涎の勢いも増してくる。

「い～～っぱい焼けたよ！　まずは食べてから考えてもいいんじゃないのかな！」

「そうね～先にいただきましょうか」

米もちょうど炊けたようだし、華乃の言うように先に食ってから考えるのでも遅《おそ》くはない。リサも大鍋《おおなべ》のフタを開けて味見をして、大きく頷いている。

「最近ボクはさ、ずーっとろくなもん食ってなかったから、今日という日をどれだけ楽しみにしてたことか」

「アーサー君、野菜も好き嫌《きら》いせずにいっぱい食べてねっ、はいこれ」

「おにぃ！　リサねぇが作ってくれた豚汁だよっ」

華乃が手渡してくれた豚汁を早速《さっそく》ひと飲み。具のごぼうと玉葱《たまねぎ》がシャキシャキして良い味を出している。ゴマ油が入っているのか、やけに香ばしいな。続いてたっぷりタレが塗られたマムゥのステーキを口に入れようとすると――

ド――――ンッ！

「なっ、なに？」

「ぬぐっ、ごほっごほっ」

入り口のドアを蹴《け》り飛ばして何者かが入ってくる。目を丸くしたサツキが縮こまりながら振《ふ》り向き、肉にかぶりついていた華乃も音に驚《おどろ》いて咽《むせ》ながら目を向ける。

『コホォ……ハァ……食い物をよこせ……』

入ってきたのはボロ切れに身を包んだ謎の男。血走った目がやけにギラついており、歪《ゆが》んだ口元には邪悪《じゃあく》な精神が垣間見える。雰囲気的には人間というよりも人型モンスターである。

そいつは鼻をくんくんとさせながら俺達の方向に顔を固定し、真っすぐに近づいてきたではないか。

これから美味い肉を十二分に堪能《たんのう》しようというときに実に面倒くさいのが来たなと思いながらも、カバが言っていた〝部屋を荒らした犯人〟とは、こいつの可能性が高いことに思い当たる。

ならば飛んで火にいる夏の虫というやつだ。

「……おい、アーサー。出番みたいだぞ」

「んぐっ、ちょっと待へっへ。くぉれ美味すぎるだろっ！　何だこの柔《やわ》らかくてジューシーな肉はっ⁉」

『こんな美味しい食べ物があるだなんて知らなかったんだー……このスープも美味いんだ！　ご主人に一生ついていくんだ！』

こんがりと焼けたマムゥステーキを無我夢中《むがむちゅう》で頬張《ほおば》る魔人とカバ。確かに美味いけども、さっきまで犯人を捕《つか》まえると息巻いていた威勢《いせい》はどこいった。というか、もうお前達《たち》の後ろに立っているぞ。

『コホォ……それを……よこせ……ん？』

闖入者《ちんにゅうしゃ》が手を伸ばしアーサーが口に放《ほう》り込もうとしたステーキを奪《うば》おうとする――が、その手をひょいと避《よ》けて食い続けるアーサー。どんだけ食い意地が強いんだ。だが闖入者はアーサーの顔に見覚えがあるらしく、血走った目を剥《む》いて凝視《ぎょうし》すると、わなわなと震《ふる》えだした。

『きっ、貴様はぁアア！　俺様をっ、こんな場所にっ、連れてきたっ、クソガキじゃないかァアッ!!』

「んあ？　誰だお前……」

『この顔を見忘れたとは言わせんぞォオッ！』

頭を覆っていたボロを脱《ぬ》ぎ捨て、怒《いか》り狂《くる》う自身の顔を指差す闖入者。髭《ひげ》は伸び、髪《かみ》もボサボサ、目ツキには鋭さはあるものの、それほどおかしな顔ではない。ふーむ、でもどこかで……

第20章 ✦ 玉座の間の守護者

男の顔を見ても首を傾《かし》げるだけで、肉を食べるのを止めないアーサーとカバ。闖入者はその態度を見て『お前らには人の心がないのかっ！』とさらに癇癪《かんしゃく》を爆発《ばくはつ》させている。だがリサだけは見覚えがあったようだ。

「……もしかして、20階広間でゲートに投げ捨てた悪党じゃないかしら。ほら、パンダの恰好《かっこう》をした集団の背後にいた」

「あぁ、いたな。殺さずに40階直通のゲートに放り込んだ奴か」

誘拐《ゆうかい》や人身売買などの犯罪に手を染めている〝アビス・オブ・グリズリーズ〟という、ダンエクにも出てくる極悪《ごくあく》クランのメンバー、通称〝クソ忍者《にんじゃ》〟。20階の広間でアーサーが家を建てようとしていたところ、捕まえて売ろうとしていた悪い奴ら《パンダ》の頭だ。返り討ちにして40階直通のゲートに放り込んでから、すっかりこいつの存在を忘れていたぜ。

だがここまでよくぞ来られたものだと感心する。

40階からこの38階までの道中には、強力かつ探知能力の高いモンスターも多数いたはず。

下の階層から上ってくるだけなのでフロアボスを倒《たお》す必要はないものの、見つかれば一瞬《いっしゅん》で殺されるようなモンスターばかりだ。その間近を大した情報もなく通り抜けてきたわけだ。

まぁ確かにそんなところに放り投げられたら怒り心頭になるのも頷ける話だけども。

クソ忍者はアーサーの様子から埒《らち》が明かないと見て、一度大きな息を吐いた後に再び歪んだ笑《え》みを作り、仕切り直しを図《はか》る。

『しかしだ……復讐《ふくしゅう》の機会がこうも早く訪《おとず》れるとは……あぁ……神は私を見捨てなどしていなかった……って聞け小僧《こぞう》共ッ！』

「んんぐっ、美味いっ！　これももらった！」

【ご主人ばっかりズルいんだ！　我の皿にももっと置いてほしいんだ！】

「はい、カバちゃん。たんとお食べ♪」

天を仰《あお》ぎ見て復讐の機会が来たと狂気《きょうき》に歪んだ笑みを向けるが、カバとその飼い主はマムゥステーキに夢中で見ちゃいない。華乃もカバの頭をいい子いい子と撫でながら、焼いたステーキを積み上げている。

華麗《かれい》にスルーされたクソ忍者は青筋を立てながらも無理やりに怒りを鎮《しず》め、やれやれと掌《てのひら》を上に向けて謎の自信を見せる。何かをする気のようだ。

『俺《おれ》様はこの地獄《じごく》に来たことで世界を総べる力を手に入れた……その一端《いったん》を見せ、お前たちの無礼な態度を改めさせてやろう……』

空気を読まず、濃密《のうみつ》な《オーラ》を放ち始めるクソ忍者。みるみるうちにこの部屋の魔力濃度が膨《ふく》れ上がる。

（馬鹿な……レベルが上がっているだと……？）

ゲートに放り込んだときはレベル25前後だったはずだが、肌《はだ》がヒリつくこの魔力量《まりょく》からしてレベル30を超《こ》えているように思われる。まさか、この近辺のモンスターを倒せたとでもいうのか……

仮に1匹《ぴき》でも倒すことができたのなら大幅《おおはば》なレベルアップが約束されるが、当然、経験値に準じた強力かつ凶悪《きょうあく》なモンスターしかいない。そんな相手にはまともに攻撃なんて通らないし、それ以前に攻撃を当てることすら叶《かな》わない。なのにどうやって倒したのか。

「クックック……そこのカバが魔石を食ってレベルアップしていた現場を見て、もしやと思ったのさ。俺様も魔石を食えばレベルアップすると！」

「魔石を食ったぁ？　この辺りのモンスターの魔石って結構デカいはずだけど、よく食えたな」

魔石を食ってレベルアップしていたとは……アーサーも驚きのあまり、のけ反っている。

魔石の大きさ以前に、他人の魔力なんて普通は毒にしかならないはずなのに、しかもモンスターの魔力結晶《まりよくけっしょう》を体内に取り入れるなんて自殺行為《こうい》にしか思えない。だがそうでもないとあのレベルアップが説明つかないのも事実。

だとしても、生身の人間がモンスターの魔石なぞ食べて無事で済むわけがなく、すでに奴は目は血走り、体中の血管が浮《う》き出て情緒《じょうちょ》も不安定になりすぎている。レベルアップしたというよりかは、小さな容器に過剰《かじょう》な魔力が詰《つ》め込まれたような感じだ。

一方で、肉を一頻《ひとしき》り楽しんだ我らのカバが、鼻息を荒《あら》くして4つの足を踏《ふ》み鳴らしながら前に出る。

『あのニンゲンなんだ！　我の魔石を勝手に食べて、いろんなところを荒らしていたんだ！あと我はカバじゃないんだ！』

「えっ⁉　違うのっ？」

カバにとってはアーサーの取ってきた魔石は、大事な食糧《ベビーフード》。別の部屋に保管してあったのに勝手にたくさん食べられた上に、主人に任された家も荒らされたと憤慨《ふんがい》している。それよりもお前……カバじゃなかったのか。

だが保管庫に置いてあったのは魔石だけではなかったようで、新たに魔導具らしきものを取り出して手にする。真っ赤な炎《ほのお》が宿った結晶体《けっしょうたい》……あれは確か――

『神はこの俺様に新たな力を授《さず》けられた……神になれるこの神器を！』

授けられたんじゃなくお前が勝手に盗《ぬす》んでいったんだろ、とツッコミを入れる間もなく、クソ忍者は躊躇《ちゅうちょ》もせずに結晶体に魔力を込めて発動させる。その効果はすぐに現れた。

『……その食料はお前達を消し去ってからゆっくりといただくとしよう……すべてを焼き尽くす業火《ごうか》よ、神の血肉よ！　我《わ》が身《み》に降臨せよ！　ウォオォオオォオ！』

放射状に眩《まぶ》しい光を放ち始め、肩《かた》から、足先から、次に口から高熱の炎が噴《ふ》き出し、やがて全身がオレンジ色の炎に包まれる。まるで炎の悪魔のようになっていやがる。

『はたして、これでも……コホォ……俺様を無視できるかな……？』

「炎のモンスターだ、すっごーい！」

「華乃、離《はな》れていろ。しかしこいつは厄介《やっかい》だな……」

熱風と眩しい光が吹《ふ》き荒れ、サツキが両腕《りょううで》で顔を隠すようにして身構えているが、華乃は対照的に身を乗り出すようにワクワク顔である。その横でリサがどう動くのか俺に視線を送ってくるけど、残念なことに今の俺ができることなんてほとんどない。

先ほどクソ忍者が使った結晶体は、使用者の身体を一時的に〝ファイア・エレメンタル〟に変化させる魔導具だ。ダンエクでは大道芸として使われるネタ道具に過ぎなかったが、実際に体をプラズマ化させてしまうため物理攻撃《こうげき》がほとんど通らなくなってしまう効果まで付与《ふよ》される。倒すとなれば相当の準備が必要となるが、ここへは飯を食いに来ただけなので当然何の準備もしてきていない。

『この地獄から出た暁《あかつき》には……この神の力を存分に振るい、世界の神として君臨しよう……お前達はその覇業《はぎょう》のための……贄《にえ》だ』

前に突《つ》き出した掌から球状の炎を呼び出し、俺達に向かって見せつけるように握《にぎ》りつぶす。確かにその力に対抗《たいこう》できる冒険者《ぼうけんしゃ》なんて外にはいないかもしれない。だが——

（お前にそんな未来なんて来ないけどな）

現にアーサーはクソ忍者がプラズマ化して炎の精霊《せいれい》となっても微塵《みじん》も動じていない。確かに魔石を食って大幅なレベルアップをした上に、魔導具の力まで加わったクソ忍者は俺が手に負えるレベルではなくなった。

だがこの悪魔《あくま》城でバフてんこ盛りになった魔人《まじん》に比べれば子供騙《こどもだま》しに等しい。アーサーはクソ忍者を一目見て鼻で笑うと——カバと共に肉を食う作業に戻《もど》りやがった。

『ふっ……これでも無視するか。ならば無抵抗《むていこう》のまま死にさらせ！　《業火の行進《ヘルファイア・チャージ》》！』

体が一際《ひときわ》眩しく発光し、オレンジ色の炎が激しく噴き上がる。その状態で身を屈《かが》めると、炎の弾丸《だんがん》となって恐ろしい速度でアーサーに襲い掛かる。

これはさすがに無視はできないだろうと思いつつ離れて見ていると、カバがその軌道《きどう》上に入り、大きな口をあんぐりと開けて迎え撃《う》つ。

『んぁーあああぁぁぁあああぁぁん……んごんご……ゴクン』

「あぁっ！　変なものを食べちゃダメだよっ！」

一瞬でカバの口が2ｍくらいまで大きく開き、そのまま吸《す》い込まれるようにクソ忍者が口内に収まってしまう。数秒ほどカバの口の中で炎を噴き出しながら暴れていたものの、すぐに胃袋《いぶくろ》へ飲《の》み込まれ、完全に反応が無くなってしまった……

目を丸くした華乃が急いでカバのもとへ駆《か》け寄る。

「だ、大丈夫《だいじょうぶ》なのっ？　熱そうだったけど火傷してないかな。あーんって口を開けて？」

「平気さ、コイツの熱耐性だけは普通じゃないからね」

『でも不味かったんだ……げぷ。あ、レベルアップしたんだ』

事もなげにカバは一度だけゲップをすると、再び新たなマムゥステーキを皿に乗っけてくれと華乃にねだりはじめる。とんでもない食い意地と図太さである。

しかし冷静に考えても今見せた能力は異常だ。離れた俺のところまで届くほどの莫大《ばくだい》な熱量と衝撃《しょうげき》を全くの無傷で飲み込み、一瞬で消化までしてしまうという強靭《きょうじん》な胃袋……何者なんだ、このカバは。

「ねぇねぇ、君は～なんて生き物なの～？　ちょっと見かけないけど」

『ンギャ？　我は誇《ほこ》り高きドラゴンなんだっ』

「「ドラゴン⁉」」


――ドラゴン。

20mほどの巨体《きょたい》で、物理攻撃も魔法《まほう》もほぼ無効化する特別な表皮を持ち、階層丸ごと破《は》壊《かい》するような大火力ブレス、音速を超える飛行能力、人智《じんち》を超越《ちょうえつ》した知性まで有するなど、ダンエクでは魔人と並ぶ規格外生物である。

俺が知る限りでも、属性に特化した個体、時間や空間を操る個体、プレイヤーがこの世界にくる直前に戦った〝レーザー〟を連発する漆黒《しっこく》ドラゴンなど、タイプも様々。しかしどの個体も凶悪かつ精悍《せいかん》な面構《つらがま》えは共通していた。

では目の前の太ったカバのような個体は何なのか。ドラゴンと言われても頭を大きく傾《かし》げざるを得ないが、華乃とサツキは尊敬の眼差《まなざ》しを注ぎ「ドラゴンだなんて凄《すご》い！　カッコいい！」と褒《ほ》め称《たた》えており、カバドラゴンは口の周りをぺろぺろしながら調子に乗ってふんぞり返っている。

しかしながら、こいつがドラゴンならばこれまでの色々な疑問に説明がつく。

「じゃあ、君はドラゴンだから言葉を話せたのね～」

〘そうなんだ。我のママの意識が宿っているんだ〙

ダンエクのドラゴンは死期を迎《むか》える直前に卵を1つだけ産み、その卵に意識を転移させる術を行使すると言われている。仮にこのカバドラゴンの親——ある意味カバの前世——が、人語を解《かい》するドラゴンであったなら、その意識と記憶《きおく》を流用している可能性が高い。

もっと言えば、こいつは成体ドラゴンだったときの記憶を共有しているということだ。

リサはますます興味に瞳を輝《かがや》かせ、腰《こし》に引っ掛けてあるマジックバッグから魔導具を取り出して鑑定しようとする。

「……この子、〝フレイムドラゴン〟の幼体よ。だから熱に強いわけね。でも、モンスター格が高すぎて《鑑定》ではそれしか分からないわ」

「カバでも何でもいいじゃん、次の肉はまだかなー？」

〘ご主人、我はドラゴンだギャー！〙

飼い主であるアーサーにもカバと言われ、ドシンドシンと足を踏み鳴らすフレイムドラゴンの幼体。成体は巨大《きょだい》な火山の火口に住むカッコ良いドラゴンだというのに、幼体はどう見てもカバである。ダンジョンモンスターの偉大《いだい》なる神秘に触《ふ》れつつも、俺にはその前にやることがあったと思い出す。

「その肉を寄こせーっ!!」

山ほどあった肉を全部食い終わり、片付けも終わって最後に持ってきたプリンで口直し。皿の上に乗った大きめのプリンとクリームを舐《な》め回すカバゴンを見ながら、華乃《かの》が残念そうに眉《まゆ》を下げる。

「じゃあしばらくは私達と一緒に狩《か》りができないんだね……」

『我は魔力が薄《うす》いところは行けないんだ』

「本来は80階層以降のフロアボスだし〜しょうがないわね〜」

一緒に狩りができれば30階層程度のモンスターなんて軽く蹴《け》散《ち》らせる。その上、狩りも楽しくなると考えて華乃がカバゴンをパーティーに誘《さそ》うものの『ここよりも浅い階層では魔力が薄すぎてろくに動けないんだ』と大きな頭を振って断りを入れる。

リサの言う通り〝フレイムドラゴン〟はダンジョン最深部に住まうフロアボスとして君臨するほど格が高く、幼体であっても今の俺達が扱《あつか》う魔力量とは桁《けた》が違う。そんなモンスターにとってはこの38階層ですら魔力が薄いらしく『どうしても眠《ねむ》くなるんだ』と口にクリームを付けながら説明する。

「じゃあさ、この階層に普通に来られるようになったら……一緒に狩りしてくれるのかな？」
華乃の問いにカバゴンはつぶらな瞳を真っすぐに向けて大きく頷く。
〚それならできるんだ。我は気長に待つんだ〛
ドラゴンの寿命《じゅみょう》は長い。ダンエクでも数千歳《さい》というドラゴンが存在していたし、寿命が来たところで卵に記憶を写して転生できるため、どちらかといえば不死生物に近い。カバゴンは俺達がここに到達《とうたつ》し、一緒に狩りができる日を何年でも何十年でも待つと平然と言う。加えて――
〚そのときまでに、ご主人と一緒に我の良い名前を考えておいて欲《ほ》しいんだ〛
「アーサー君、名前まだつけてなかったの？　ん～何がいいかな」
「カバゴンでいいだろ」
〚我はカバじゃないんだ！〛
真に心を通わす者にのみ真名《まな》を教えるという習性のあるドラゴン。ゆえに、その名前には特別な意味を持つ。そうとは知らず「カバゴン」はどうかと提案したところ、デカい口を開いて噛《か》みつこうとしてきやがった。凶暴《きょうぼう》な奴だ。
「そうね～でもそのときの私達は日本一強くなっているってことよね～」

「ボクの〝制約〟のほうも忘れないで欲しいんだけどなー」

小さく両手でガッツポーズして「必ず迎えにいくからね」とサツキがやる気を見せているが、自力でこの階層に来られる頃《ころ》にはリサの言う通り、俺達《おれたち》以上に強い冒険者など日本に存在しなくなっているだろう。

だが同時にモンスターは強大となり、レベル上げはますます困難になっていることも予想される。そのときに魔人の制約が解けたアーサーやカバゴンが加わってくれるならばこれほど心強いものはない。俺としてもその可能性には心躍《おど》るものがある。

（それまでに、山ほどやらなきゃいけないこともあるけどな）

アーサーの言う〝魔人の制約〟の解除はもちろん、ゲームストーリーが破綻《はたん》することにより、いくつかの個人イベントも急務となっている。ソレルなどの悪質なクランの対処、まだ見ぬプレイヤーへの対応だって忘れてはならない。カバゴンを迎えに来る頃の俺達は、それらの困難を無事に乗り越《こ》えているのだろうか。

期待と不安が入り交じる何とも言えない空気の中、カバゴンは眠くなったとゴロリと仰《あお》向《む》けになり、やがて俺達がこの部屋に来たときのように鼻ちょうちんを膨らまし始めた。その呑気《のんき》で微笑《ほほえ》ましい姿に俺達は顔を見合わせてくすりと笑う。

（まぁ、それくらいできなきゃ魔人やドラゴンなんて仲間にする資格はないか）

俺は一人ではない。こんなにも頼もしい友人達や支えてくれる家族だっている。明るい未来くらい鼻歌交じり掴《つか》んでやると、ほろ苦いプリンを口へ運びながら、ひっそりと決意を固めるのであった。

あとがき

お久しぶりです。5巻もまとめて購入された勇敢なる貴方は初めまして、鳴沢明人です。

今巻ではプレイヤー同士が激突します。勝利を疑わず自信に満ち溢れる月嶋君と、どこまでも慎重に動く颯太君。全く別の思想と境遇を持つがゆえに戦いは不可避。貴方がベテランプレイヤーで「ダンエク」の世界に入ったとしたら、どちらのタイプになりますか？

さて、今回紙幅の都合で駆け足となり恐縮ですが恒例の謝辞を。無茶な注文でも期待以上のイラストで応えてくださったKeG先生、サポートいただいた担当編集者様、本書の刊行に力添えして頂いた校閲者様、デザイナー様、印刷所の皆様方、深くお礼申し上げます。そして何よりこの本を手に取ってくださった読者の皆様に最大級の感謝を捧げます。

最後にお知らせです。佐藤ゼロ先生の描く「災悪のアヴァロン」コミック4巻も集英社様より発売となっています。少し変わった限定SSも付属しますので、まだ読まれてない方は是非。なお、小説版6巻は寒くなった頃にお届けできればと思い、鋭意作成中です。

それではまた皆様に出会える日を楽しみにしております。

二〇二四年六月　鳴沢明人

HJ NOVELS
HJN68-05

災悪のアヴァロン 5　～どうやら決闘相手が無敵スキル持ちらしいので、こちらはチート無双でいかせてもらいます～

2024年7月19日　初版発行

著者——鳴沢明人

発行者—松下大介

発行所—株式会社ホビージャパン

〒151-0053
東京都渋谷区代々木2-15-8
電話　03(5304)7604（編集）
　　　03(5304)9112（営業）

印刷所——大日本印刷株式会社

装丁——内藤信吾（BELL'S GRAPHICS）／株式会社エストール

Printed in Japan

ISBN978-4-7986-3588-0　C0076